La leyenda del Cid

AGUSTÍN SÁNCHEZ AGUILAR

Ilustraciones **ÁLEX HERRERÍAS**

Notas y actividades **AGUSTÍN SÁNCHEZ AGUILAR**

Vicens Vives

Primera edición, 2025
Primera Reimpresión, 2026

DL B 5.064-2025
ISBN: 978-84-1193-780-1
Núm. de Orden V.V.: XC46

IMPRESO EN ESPAÑA. PRINTED IN SPAIN.

Índice

Presentación

Corría el siglo XI cuando un guerrero llamado Rodrigo Díaz se lanzó a los campos de batalla y asombró a todo el mundo con su astucia y su coraje. Se dice que había nacido en Vivar, cerca de Burgos, y nos consta que en poco tiempo se convirtió en uno de los hombres más admirados de su época. Como les sucede a menudo a los héroes, Rodrigo Díaz se ganó un sobrenombre que lo engrandecía: se le empezó a llamar *el Cid* y también *el Campeador* y también *el Cid Campeador*. Puesto que Rodrigo Díaz era un hombre de carne y hueso y sus proezas formaban parte del devenir de España, los cronistas se encargaron de relatar su vida en documentos históricos. Al mismo tiempo, debieron de empezar a circular canciones populares sobre el personaje, que alabarían su bravura y gentileza, pero que no han llegado hasta nosotros porque nadie se tomó la molestia de ponerlas por escrito. Sí conservamos, casi por milagro, un magnífico cantar de gesta protagonizado por el Cid que se compuso hacia el año 1200 y que divulgaron los juglares al son de sus humildes instrumentos de cuerda. Esa obra extraordinaria, que quizá nunca tuvo título, es conocida por el nombre de *Cantar de mio Cid* y cuenta episodios relacionados con la edad madura del héroe: su amargo e inmerecido destierro, su arrollador avance militar desde Burgos hasta el Mediterráneo, su sorprendente conquista de Valencia y su sangrienta disputa con los jóvenes e indignos infantes de Carrión. El *Cantar* combinaba hechos históricos con episodios puramente legendarios y se encargó de ensanchar, a golpes de ficción, la gloria ya enorme de Rodrigo Díaz.

Encandilados por la belleza del *Cantar*, a menudo olvidamos que la Edad Media nos dejó otras obras literarias sobre el Cid. El *Cantar* no narra, por ejemplo, el duelo que Rodrigo mantuvo siendo joven con el padre de su amada Jimena, ni la amistad que trabó con un leproso camino de Galicia, ni la asombrosa victoria que les arrancó a los moros cuando ya estaba muerto, episodios que sí se cuentan en crónicas, romances, dramas y otras fuentes literarias datables entre los siglos XII y XVII. Picoteando en ese abundante material, tan variopinto, escribí en 2006 *La leyenda del Cid*, una novela que relata al completo la vida imaginaria del héroe, desde la alegría de su nacimiento al luto por su muerte. Mi propósito fue explicar los ires y venires del Campeador con las herramientas propias de un narrador de nuestro tiempo, así que amplifiqué con cierto ropaje novelesco lo que las viejas fuentes contaban de manera escueta, ajena a todo sentido del suspense y a menudo con poca emoción. Las descripciones y diálogos que agregué al material de partida me sirvieron, entre otras cosas, para darles cierta profundidad a los personajes, para recrear escenarios que evocaban tiempos antiguos y para incrementar en lo posible la densidad humana de la historia.

Casi veinte años después, la novela se sigue leyendo, y eso me ha animado a remozarla a fondo. En esta nueva edición, la narración es algo más breve, se segmenta en capítulos más cortos y avanza con mayor agilidad. He prescindido de algunas descripciones que me parecían morosas y he aligerado más de un pasaje añadiendo diálogos que no estaban en la primera versión.

Asimismo, he depurado el lenguaje de ciertos lirismos que resultaban prescindibles y de unos cuantos rodeos innecesarios que enmarañaban la prosa. No obstante, se conservan algunos giros solemnes cuyo fin es recrear el tono grave propio de la épica tradicional, porque entiendo que eso es lo que nos pide la historia del Cid. El héroe de Vivar es, desde luego, más humano que Aquiles y que otros protagonistas de la épica antigua, pero los juglares de hoy, como los de ayer, todavía nos invitan a arrodillarnos delante de los héroes y a mirarlos con arrobo, aunque esos héroes, en vez de luchar con espadas de acero, orbiten en naves espaciales alrededor de la Estrella de la Muerte o tengan superpoderes heredados del planeta Krypton.

Agustín Sánchez Aguilar

La leyenda del Cid

AGUSTÍN SÁNCHEZ AGUILAR

Rodrigo

Dicen que cada vez que nace un héroe la tierra tiembla de pura alegría y el cielo de la noche se ilumina con un sinfín de estrellas nuevas. Pero debe de ser una leyenda de esas que cuentan los malos juglares, porque cuando nació el Cid Campeador no hubo prodigios ni en la tierra ni en el cielo. El sol salió y se escondió como siempre, el agua de los ríos bajó con calma y no hubo sacudidas que agrietaran el campo. El pequeño Rodrigo llegó al mundo como un niño cualquiera. Apenas lloró al nacer, y salió del vientre de su madre mirando alrededor con la serenidad de un adulto. Cuando su padre lo abrazó, sintió con fuerza el orgullo de la sangre. El corazón le dijo que aquel recién llegado estaba destinado a convertirse en leyenda. Y no se equivocó. El corazón de un padre rara vez se equivoca.

Rodrigo pasó su infancia en Vivar, cerca de Burgos. La aldea, tan pacífica, parecía el lugar perfecto para crecer. Pero a Rodrigo le sabía a poco. Quería ser guerrero, como su padre, y en Vivar permanecía al margen del choque de las espadas y el zumbido de las flechas. Cuando don Diego dejaba su casa para sumarse al rey en algún combate, el hijo preguntaba si podía acompañarlo. Don Diego sonreía.

—Eres muy niño, Rodrigo —le contestaba siempre.

Rodrigo insistía. Miraba a su padre con ojos de súplica, se aferraba a su pie, ya metido en el estribo, y seguía al caballo cuando iniciaba el trote. A don Diego lo entusiasmaba aquel espíritu guerrero, tan precoz. En aquella España dividida entre moros y cristianos, empuñar la espada era la mejor manera de ganarse la vida y rozar la gloria. Pero la guerra era cosa de mayores. Rodrigo tendría que esperar. Cuando el padre regresaba, a veces tras varios meses de ausencia, el niño lo miraba fascinado. Don Diego traía la cara tostada por el sol, las botas salpicadas de barro, las manos agrietadas y cruzadas de heridas. Olía a sangre y hierro, como huele la guerra.

Por lo demás, Rodrigo era voluntarioso y tenía buen carácter. Nunca daba problemas. Madrugaba si había que madrugar, rezaba en la hora del rezo y aprendió rápido el latín. Desde niño, decidió volverse duro, pues sabía que el buen guerrero no es el que acomete con más furia, sino el que muestra más aguante. Pelear, a menudo, es resistir. Una mañana, cuando Rodrigo tenía diez años, su padre le puso una mano en el hombro.

—Prepara tus cosas —le dijo—. Mañana te vas a Burgos. Serás el paje[1] de don Sancho.

Don Sancho era el hijo del rey.[2] Estaba a punto de cumplir veinte años cuando Rodrigo entró a su servicio. Era un joven alto, corpulento, impetuoso. Si se enfadaba, se volvía temible. Había nacido para mandar y contaba con ser obedecido a la primera. Tenía poca paciencia, y a menudo resolvía las cosas por las bravas. Rodrigo, al verlo por primera vez, se sintió intimidado.

1 **paje**: criado joven que asistía a un señor de la nobleza o la realeza.

2 Aunque la mayor parte de los sucesos que relata *La leyenda del Cid* son ficción, en la obra aparecen numerosos personajes históricos, como el propio Rodrigo Díaz, al que apodaban *el Cid Campeador* por razones que se descubrirán más adelante. Siendo joven, Rodrigo entró al servicio de don Sancho, hijo mayor de Fernando I el Grande (1016-1065), el rey que mandaba sobre León y Castilla.

Pero, poco a poco, le fue tomando afecto. Acompañaba a don Sancho en sus cacerías y en sus torneos, cuidaba de su dinero y de sus armas. Del trato continuo nació algo parecido a una amistad. Los dos comían el mismo pan y bebían el mismo vino, nadaban codo con codo en las charcas y compartían por igual las nieves de enero y las lluvias de abril. Más que vasallo y señor, parecían hermanos.

A los catorce años, Rodrigo cambió de repente. Le salió barba, se le agravó la voz y sus hombros se ensancharon. Jamás destacó por su estatura, pero tampoco lo necesitaba, porque tenía un aplomo natural que le hacía parecer alto sin serlo. Rodrigo hablaba poco y sin rodeos. Controlaba tan bien sus sentimientos que a veces parecía que nada le afectase. Pero sentía, desde luego que sentía. Su pena y su alegría iban por dentro.

Por aquel tiempo conoció el amor. Una mañana, cuando acompañaba a don Sancho en la iglesia, vio a una muchacha que lo impresionó. Tres veces la miró sin que ella lo notase. A la cuarta, los ojos de los dos se cruzaron, y Rodrigo sintió que le ardían las mejillas. La muchacha tenía la piel muy blanca, el cuello largo, las manos finas, las maneras suaves. Al salir de la iglesia, Rodrigo la perdió de vista, y se aterró al pensar que tal vez nunca más volvería a cruzarse con ella. Al domingo siguiente, la encontró de nuevo en la iglesia, y Rodrigo sintió otra vez aquel raro hormigueo en el estómago. Se llamaba Jimena. Le gustaban sus ojos, que tenían el color del roble, y aquel hoyuelo en la barbilla, que parecía el capricho de un escultor. Rodrigo la buscaba en secreto, solo para verla. La miraba desde lejos sin hacerse notar.

Jimena era la hija de un conde. Y, por eso mismo, Rodrigo sabía que no estaba a su alcance. Aquella muchacha era un sueño, nada más. Rodrigo podía ilusionarse con ella y atesorar su ilusión durante un tiempo, pero a la larga tendría que olvidarla si no quería morirse de pena. Porque Rodrigo sabía de qué familia venía y cómo pensaba la gente de su tiempo. En la Castilla del rey Fernando, los infanzones[3] como él no se casaban nunca con las hijas de los condes. El padre de Jimena le buscaría a su niña un marido de alta cuna. Porque los condes pican alto. No casan a sus hijas con cualquiera.

3 Los ***infanzones*** eran nobles de baja categoría, que poseían pocas tierras y escasos privilegios. Al contrario que los nobles de alto estatus, no heredaban un título de sus antepasados, sino que ascendían socialmente gracias a haber destacado como guerreros.

La ley del honor

Una tarde, estando en Vivar, Rodrigo vio que su padre volvía de Burgos con cara de preocupación. Para entonces, ya hacía tiempo que don Diego había dejado el oficio de la guerra. Los años le habían llenado la cabeza de canas y habían entorpecido sus andares. Ahora, su trabajo consistía en aconsejar al rey. Dos veces por semana, acudía a palacio y se reunía con don Fernando. El rey confiaba a ciegas en el criterio de don Diego. Escuchaba sus opiniones con la máxima atención, y solía decir que los consejos de don Diego eran impagables. Sus palabras estaban hechas de aire, pero valían más que el oro y que la plata.

Aquella tarde, don Diego ni siquiera saludó a su hijo. Parecía desganado. Pasó al salón, se sentó y clavó la vista en el suelo. Permaneció en silencio largo rato. Luego, como si despertara de golpe de un sueño, dijo:

—¡Ven aquí, Rodrigo!

Rodrigo entró en el salón. Entonces su padre lo miró fijamente. Rodrigo lo notó muy apenado. Poco a poco, como si debiera echar mano de una fuerza que ya no tenía, don Diego se levantó de la silla, caminó hacia su hijo y le agarró una mano. A Rodrigo todo le pareció algo raro, pero no dijo nada. De pronto, don Diego hizo algo sorprendente, insólito, inexplicable: levantó la mano de su hijo, se la acercó a la boca y le mordió el dedo corazón.

El mordisco fue atroz. Rodrigo pensó que su padre había enloquecido. ¿A qué venía aquello? ¿Por qué le hacían daño? Los dientes atravesaron la piel y se hundieron en la carne lo mismo que un cuchillo. Cualquier otro habría apartado el dedo de un tirón. Pero Rodrigo permaneció donde estaba, sin protestar, sin decir ni una palabra, sin mover un músculo. El sueño de su vida era convertirse en guerrero, y había aprendido que los guerreros no deben quejarse. Cuando don Diego abrió por fin la boca, el dedo de su hijo apareció rojo de sangre. Rodrigo miró a su padre con fiereza. Con voz recia, a la vez rabiosa y contenida, exclamó:

—Juro que si no fuerais mi padre, ¡pagaríais caro lo que acabáis de hacer!

Al oír aquello, a don Diego le cambió el semblante. Una luz de esperanza le aclaró la mirada.

—¿Y cómo me castigarías? —preguntó.

—Con una buena cuchillada.

Don Diego respiró hondo.

—Sécate esa sangre y siéntate —dijo.

Rodrigo salió a por un pañuelo, se envolvió el dedo y regresó. Entonces se sentó frente a su padre y lo miró en silencio, como estudiándolo. De repente, los dos, que tanto se querían, parecían enemigos.

—Esta mañana he sufrido una humillación horrible —dijo don Diego con la voz rota por el dolor, y acto seguido hizo una pausa para recomponerse—. Estaba en palacio, con el rey. Habíamos acabado de despachar, y nos dedicábamos a bromear sobre cosas de poca importancia. De pronto, ha aparecido el conde de Orgaz y ha empezado a insultarme.

Rodrigo conocía al conde de Orgaz. Era un hombre antipático, de trato difícil. Hablaba apretando los dientes, con desdén, y miraba a los demás por encima del hombro. Venía de una familia de alta alcurnia y le gustaba presumir de su linaje.

—¿Y por qué os ha insultado? —preguntó Rodrigo.

—Porque sí. El conde me desprecia, eso es todo, porque él es conde y yo no soy más que un infanzón. Y, como me desprecia, se siente con derecho a insultarme.

—¿Y el rey no os ha defendido?

A don Diego le tembló la barbilla.

—No —dijo—. En cierto momento, el conde…

La voz de don Diego volvió a quebrarse. Había llegado a la parte más difícil de su relato, y se sentía incapaz de seguir. Pero Rodrigo no necesitó escuchar el resto de la historia. Como conocía bien a su padre, pudo adivinarlo.

—¿El conde os ha golpeado? —dijo.

Don Diego respondió que sí con la cabeza. Volvió un poco la cara hacia la derecha para que se le viera bien la mejilla. Estaba roja. Si uno se fijaba un poco, podía reconocer los cinco dedos del conde. El bofetón había sido brutal.

Rodrigo apretó los puños. Se levantó de golpe de la silla. Una llamarada de rabia encendió sus ojos.

—¿Comprendes ahora por qué te he mordido? —dijo don Diego.

Lo comprendía, sí. Su padre había querido ponerlo a prueba. Deseaba averiguar si Rodrigo tenía la entereza que exige la venganza. Y la tenía, no había duda. Para castigar al conde como se merecía, Rodrigo no solo iba a necesitar fuerza: iba a hacer falta, por encima de todo, que fuese capaz de controlar sus ímpetus.

Porque tenía que descargarlos únicamente en el momento preciso. Don Diego vio claro que su hijo podía vengarle. Bajo las maneras tranquilas del muchacho se escondía un volcán en erupción. Rodrigo era un guante de seda que envolvía un puño de hierro.

—Os vengaré, padre, lo juro —dijo Rodrigo, y salió de casa.

Mientras cabalgaba hacia Burgos, sintió un escalofrío que le cruzó el alma. Ahora, Rodrigo tenía el deber de devolverle a su padre la dignidad perdida. El conde había manchado la honra de don Diego y la honra solo se podía limpiar de una manera: con sangre. Rodrigo tenía que buscar al conde de Orgaz, tenía que encontrarlo y tenía que retarlo en un duelo. Y luego, por supuesto, tenía que darle muerte.

Justicia

Era mediodía. El sol se encontraba en lo más alto del cielo y el palacio real estaba en calma. Lo único que se oía era el zumbido de las moscas. De pronto, una muchacha apareció por el camino que llevaba a palacio. Tendría trece o catorce años, llevaba el pelo suelto y venía vestida de luto. Caminaba deprisa, hablando sola, maldiciendo entre dientes. Cuando llegó al palacio, los guardias le cerraron el paso. La muchacha les plantó cara.

—¡Vengo a ver al rey! —dijo.

—No es hora de audiencia. Os atenderá otro día.

—¡Me atenderá hoy! ¡Es su deber! ¡Tiene que escucharme!

La muchacha era alta y delgada. Tenía los ojos del color del roble y un hoyuelo gracioso en la barbilla. El rey oyó sus gritos y preguntó qué estaba pasando. Habían empezado a explicárselo cuando la muchacha se coló entre los dos guardianes y se plantó en el salón donde estaba el rey.

—¡Justicia, Majestad, pido justicia! —dijo poniéndose de rodillas ante don Fernando—. ¡Rodrigo Díaz ha matado a mi padre!

Se llamaba Jimena y era la hija del conde de Orgaz. El rey nunca había oído su voz, pues siempre la había visto en compañía de su padre, y las mujeres, en aquel tiempo, no debían hablar delante de los hombres. Jimena le había parecido recatada y discreta, casi invisible. Ahora, en cambio, se había vuelto impetuosa y atrevida. Era como si el destino le hubiese robado de repente la infancia. Pero el dolor es así: cambia a la gente de un día para otro.

—Escúchame, Jimena —dijo don Fernando—, tu padre hizo algo muy grave. Abofeteó a don Diego, lo humilló, manchó su honra. ¿Qué podía hacer su hijo? Tenía el deber de defender el honor de su familia…

Jimena levantó la cabeza y miró fijamente al rey. Con voz furiosa, preguntó:

—¿Me estáis diciendo que os parece bien que Rodrigo Díaz haya matado a mi padre?

El rey se sintió algo intimidado. Aquella niña huérfana parecía más fuerte que él.

—Rodrigo no hizo más que obedecer la ley del honor —argumentó don Fernando—. Cumplió con su deber, y no podemos reprochárselo.

—¡No quiero palabras, quiero justicia! ¡Matad a Rodrigo, colgadlo de una almena, ahorcadlo en mi presencia, quitadle la vida! ¡Es lo justo!

—Rodrigo no está en Burgos. Ha salido de Castilla.

—¿O sea que ha huido? ¡Menudo cobarde!

Rodrigo, en efecto, había abandonado Castilla para internarse en los reinos del sur, donde mandaban los moros. De haberse quedado en Burgos, los amigos del conde lo habrían buscado para darle muerte.

—No hará falta que mate a Rodrigo —explicó el rey—, porque morirá solo, más pronto que tarde. Su padre lo ha nombrado capitán de

una tropa, y la guerra no tiene piedad con los aprendices. En la primera escaramuza,[1] le cortarán el cuello.

—¡Quiera Dios que a estas horas ya esté muerto! —replicó Jimena—. ¡Y que los cuervos le arranquen los ojos! ¡Y que los buitres le coman las entrañas!

Lo dijo con tanta rabia que a ella misma le dolió su aspereza. Hasta ese momento, Jimena había logrado aguantarse las lágrimas, pero ya no pudo retenerlas más, así que se tapó la cara con las manos y rompió a llorar. La vida era extraña, imprevisible y confusa: lo había sospechado muchas veces pero ahora lo tenía más claro que nunca. Hasta hacía menos de una semana, Jimena miraba a Rodrigo con muy buenos ojos. Le parecía un muchacho discreto, tranquilo, amable, de los que se hacen querer por los que lo conocen. Más de una noche, había soñado con él. Hasta se preguntó a sí misma si no estaría enamorada. Así que ahora la vida le había hecho a Jimena una trastada enorme, pues le había obligado a odiar al mismo muchacho que tanto le gustaba, y ya se sabe que el amor y el odio no pueden vivir juntos en un mismo corazón.

---

1 **escaramuza**: batalla de poca importancia.

El Cid

—¡Adelante! —gritó Rodrigo.

Se lo dijo a sus hombres, a los cincuenta soldados que formaban su hueste.[1] Don Diego lo había puesto al frente de aquellos guerreros para que Rodrigo se buscara la vida en el sur, luchando contra los moros. Al oír la orden, la tropa se puso en marcha y bajó la colina a todo galope. Los cincuenta hombres conocían bien lo que estaba en juego, porque sabían de la guerra más que nadie. Su misión era tomar la villa que veían enfrente. Rodrigo había decidido atacarla por sorpresa, así que la hueste había pasado un rato escondida en una arboleda cercana. Ahora iba a irrumpir de pronto en la villa. Las puertas de la ciudad estaban abiertas y los moros no tuvieron tiempo de prevenirse. Cuando quisieron darse cuenta, ya tenían las espadas del enemigo en la garganta. No hubo resistencia. En menos de media hora, Rodrigo se convirtió en dueño de una villa. El rey que mandaba en la población era un joven de ojos negros y aljuba[2] plateada. No tendría más de veinte años. Al ver a Rodrigo, se echó a sus pies.

—¡Tened piedad, por Alá! —suplicó—. ¡Soy joven para morir! ¡Haré lo que me pidáis! ¡Concededme vuestra misericordia! ¡No me matéis, por favor!

1 **hueste**: ejército.

2 **aljuba:** túnica larga y ancha que llegaba hasta los tobillos y solían usar los musulmanes.

Rodrigo callaba. Sabía que al poderoso le conviene hablar poco, porque el silencio nos hace parecer más prudentes, más sabios, menos frágiles.

—No pretendo mataros —dijo al fin—. Me haréis más servicio vivo que muerto.

En los cuatro días siguientes, Rodrigo tomó otras cuatro villas, siempre por sorpresa. Cinco reyes moros acabaron en su poder. Una mañana, Rodrigo los reunió a los cinco y les dijo:

—¿Queréis salvar la vida?

Los cinco reyes estaban temblando de miedo. Sin dudarlo un instante, respondieron que sí.

—Entonces debéis viajar a Burgos —prosiguió Rodrigo—, presentaros ante el rey Fernando y jurarle obediencia.

La gratitud de los cinco reyes fue infinita. Se humillaron cien veces, y cien veces besaron los pies del joven Rodrigo.

—¡Mil gracias, *sidi* —decían—, y que Alá os bendiga por vuestro gran corazón!

Sidi, así lo llamaron. Era la palabra árabe para decir 'señor', la que se aplica al que manda y se hace respetar. Para muchos, desde aquel día, Rodrigo el de Vivar dejó de ser Rodrigo y empezó a ser el *Sidi*. La leyenda del Cid empezaba a echar raíces.

Ojos tristes

Aquella noche, cuando acamparon, Rodrigo se sentó junto a la hoguera. Las manos le olían a sangre y hierro. Ahora conocía por fin la verdadera cara de la guerra. Acababa de descubrir que el guerrero no se pasa la vida tocando la gloria, sino que la guerra consiste también en comer poco, dormir al raso, curarse las llagas, esconder el miedo. La guerra duele y fatiga. Y solo algunas veces da la gloria.

Con todo, el joven Rodrigo no podía quejarse. Contaba con una hueste de veteranos que habían aceptado, por pura lealtad a don Diego, ponerse a las órdenes de un chiquillo de quince años, y había tomado cinco villas moras en menos de una semana. Pero, aun así, sus ojos se veían tristes: la pena se lo estaba comiendo por dentro. Uno de sus soldados, que ya peinaba canas, se sentó a su lado y le ofreció un trago de vino.

—Ahora os llaman el Cid —dijo el hombre—. Suena bien.

Rodrigo respondió sin apartar los ojos de la hoguera.

—No suena mal —murmuró sin convicción.

—¿En qué pensáis, don Rodrigo? —preguntó el hombre.

Pensaba en Jimena, como siempre. No conseguía olvidarla. Y eso que lo intentaba todos los días. Pero cuanto más empeño ponía en sacársela de la cabeza, más se le clavaba su imagen en el alma. Siempre había pensado que Jimena no estaba a su alcance, pero, aun así, confiaba en que algún azar inesperado la pusiera en su vida. Ahora esa esperanza estaba muerta. Rodrigo había matado al padre de Jimena y Jimena no iba a perdonárselo nunca.

—Pienso en la guerra, nada más —dijo Rodrigo.

Y, por un momento, pareció que estaba diciendo la verdad.

El séptimo día

Lo estaba viendo con sus propios ojos y, aun así, no lo creía. El rey Fernando tenía delante a cinco reyes moros, vestidos con aljubas y tocados con turbantes. Uno tenía la barba trenzada, otro llevaba un arete en la oreja y todos compartían la misma piel cobriza y el mismo castellano vacilante. Los cinco habían llegado desde el otro lado de la frontera a presentarle sus respetos, los cinco le estaban besando los pies y los cinco contaban la misma historia: que los había derrotado el *sidi* Rodrigo, que el *sidi* Rodrigo les había quitado sus reinos por la fuerza de las armas pero que el *sidi* Rodrigo era tan generoso que les había perdonado la vida.

Cinco reyes moros en una semana: ese era el saldo de victorias de Rodrigo Díaz, el muchacho de Vivar. No estaba nada mal para un chico de quince años... El *sidi* Rodrigo salía a victoria diaria. Otros, con más edad, tenían que conformarse con mucho menos.

La noticia de aquella hazaña insólita corrió por todo Burgos. Jimena, al conocerla, estalló en cólera. ¡Rodrigo seguía vivo! Indignada, se presentó en palacio y se plantó ante el rey.

—¿Así es como hacéis justicia? —protestó—. ¿A qué estáis esperando para ahorcar a Rodrigo?

El rey notó un nudo en la garganta. Desde niño, lo habían educado para tener siempre una respuesta a punto, pero delante de Jimena las palabras le fallaban. ¿Qué podía decir? No quería castigar a Rodrigo, esa era la verdad, porque le parecía impropio de un rey tratar mal a un guerrero tan valioso como aquel, pero tampoco deseaba alimentar el dolor de Jimena. Aquella muchacha se había quedado sola y merecía la compasión de su rey. Había, desde luego, una manera de compensarla sin castigar a Rodrigo, pero don Fernando no se atrevía a referirse en voz alta a aquella posibilidad. Lo único que conseguiría si lo hacía era multiplicar la indignación de Jimena. Y, sin embargo, al ver a la muchacha allí, tan impaciente, tan dolorida, tan desmejorada por la pena, se dejó llevar por un impulso y dio de pronto el paso que no se arriesgaba a dar.

—¿Sabes, Jimena? —dijo muy lentamente, y entonces se detuvo. Necesitaba tiempo para elegir bien las palabras. Tenía que acertar en el tono y evitar los equívocos. Jimena lo miraba, expectante. No podía defraudarla. No podía herirla—. La ley prevé una compensación para quienes han pasado un trance como el tuyo… —Mientras hablaba, don Fernando estudiaba la mirada de Jimena, tratando de adivinar cómo reaccionaría a lo que estaba a punto de escuchar, pero no consiguió sacar nada en claro, y siguió tanteando en las tinieblas, igual que un ciego en mitad de la noche—. Quizá te suene extraño o te parezca una locura…, pero, si tú lo desearas… —Se hizo un nuevo silencio. El rey respiró hondo, reunió fuerzas y luego soltó el resto de un tirón—: La ley establece que la mujer que pierde a su padre en un duelo de honor tiene derecho a reclamar que el hombre que la ha dejado huérfana…

Jimena se puso en pie de golpe. Antes de que el rey acabara, ella ya había previsto lo que iba a venir, y no estaba dispuesta a escuchar más. La cólera llameaba en sus ojos. Su indignación se había multiplicado por mil. Se la veía tan furiosa, tan escandalizada, tan despegada del rey y de su propuesta, que parecía imposible devolverle la calma.

—¿De verdad estáis pensando en que me case con Rodrigo? —bramó.

El rey se sintió abrumado, confundido por la situación, enojado consigo mismo, maltratado por las circunstancias. Queriendo arreglar las cosas, las había empeorado.

Jimena se marchó sin despedirse. Llegó a casa y lloró tres días seguidos, con la cara aplastada contra un almohadón. De-

rramó tantas lágrimas que se quedó vacía por dentro. Y, en cierto momento, ya no le fue posible distinguir si lloraba por su padre o por Rodrigo, por la propuesta indigna que le había hecho el rey o porque, contra toda lógica, ya no le parecía tan descabellada como en el primer instante.

Cuando dejó por fin de llorar, se pasó otros tres días cavilando,[1] pensando en su futuro, aclarando sus ideas, ordenando el caos de sus sentimientos. El séptimo día regresó a palacio. Parecía otra, más serena y aplacada, dueña al fin de sí misma. Pidió ver al rey. Cuando la dejaron pasar, entró en el salón del trono, se plantó delante de don Fernando y dio su respuesta.

—Me casaré con Rodrigo —fue todo lo que dijo, y luego se marchó.

1 **cavilar**: meditar profundamente sobre algo.

Un milagro

Rodrigo, mientras tanto, viajaba hacia Galicia. Desde que era niño, deseaba visitar la tumba del apóstol Santiago, el santo al que pedían ayuda los guerreros cristianos cada vez que se lanzaban a combatir contra los moros. Tres hombres de su hueste lo acompañaron en su viaje. Como era verano y hacía calor, se ponían en marcha antes del amanecer, y cuando el sol llegaba a lo más alto del cielo, se refugiaban bajo los árboles, pues viajar a mediodía resultaba insufrible.

Una mañana, mientras clareaba, Rodrigo oyó unos gritos que decían:

—¡Socorro, auxilio! ¡Ayúdenme, por piedad! ¡No puedo aguantar más, ayúdenme!

Rodrigo clavó las espuelas a su caballo y cabalgó hacia el lugar del que venían los gritos: había alguien en peligro y tenía que rescatarlo. Llegó hasta un encinar, bajó del caballo y echó a correr. Las voces lo llevaron hasta un barrizal. El hombre que gritaba era un anciano. Había caído en el fango y luchaba por salir, pero le fallaban las fuerzas. Rodrigo saltó al barro y le tendió la mano. Y ya estaba a punto de rozarle los dedos cuando uno de sus soldados le gritó:

—¡No toquéis a ese hombre, don Rodrigo! ¡Es un leproso!

La lepra era la enfermedad más temida de aquel tiempo. A los leprosos se les pudría la carne y se les caía la piel. Algunos hasta perdían los dedos, la nariz, las orejas. Para que no pudieran contagiar a los demás, se les obligaba a vivir apartados del mundo. Tenían prohibido pisar las iglesias, entrar en las tabernas, visitar los mercados, lavar su ropa en los arroyos, tocar las cosas que tocaban los demás. Cuando salían a la calle, debían llevar una campanilla atada a la muñeca, para que todo el mundo supiera, por aquel tintineo, que se acercaba un leproso. La lepra era un infierno, una condena, un horror. Y, sin embargo, Rodrigo no apartó su mano: había un hombre sufriendo y su deber de cristiano era salvarlo del peligro. Lo único que pensó en aquel momento es que no hay nada que importe lo que importa una vida, así que agarró al anciano por la mano y lo sacó del fangal.

El hombre, al verse a salvo, rompió a llorar. Se pasó un buen rato dando las gracias, pero Rodrigo le replicó que no tenía nada que agradecer.

—Al contrario —dijo—, sois vos quien me habéis hecho el favor a mí.

El anciano se quedó pasmado.

—¿Yo? —preguntó.

—Claro —dijo Rodrigo—. Pensad que me habéis dado la ocasión de hacer una obra de caridad en el camino de Santiago. ¿Os parece poco? A Dios, esas cosas lo hacen muy feliz.

Durante el resto del día, Rodrigo se dedicó a cuidar del anciano. Lo subió a las ancas[1] de su caballo para sacarlo del bosque, le aseó las barbas y le limpió las llagas. Por la tarde, al ver que al leproso le entraba frío, lo arropó con su propia manta y, durante la cena, le dio de comer de su plato. Los viajeros pasaron la no-

1 **ancas**: parte trasera del caballo, sobre la que se sienta el jinete.

che bajo unos árboles, y el Cid se tumbó al lado del anciano para guardarle el sueño. Sus soldados no lograban entender aquella temeridad. En aquel tiempo, nadie se arriesgaba, ni por caridad, a tocar a un leproso. Lo que hacía Rodrigo les parecía una imprudencia, más propia de un santo que de un guerrero.

Aquella noche, cuando todos dormían, Rodrigo sintió de pronto un golpe dentro del pecho. Fue como si una voz se colara en su alma y le dijera: «Despierta y verás». Cuando abrió los ojos, todo a su alrededor había cambiado. Una luz blanquísima iluminaba el bosque. Era tan brillante que, para poder soportarla, Rodrigo tuvo que entornar los ojos. En el centro del resplandor, se recortaba la silueta de un hombre. Era el leproso, sin duda era aquel anciano enfermo, pero estaba muy cambiado. De repente había rejuvenecido: debía de tener cincuenta años menos que la noche anterior. Su barba asalvajada había desaparecido, y las llagas de su cuerpo también. Ahora, rebosaba salud. Y ya no vestía ropas raídas,[2] sino una hermosa túnica de un blanco impecable. Pero lo más asombroso era que sus pies no tocaban el suelo, sino que flotaban en mitad de la luz, como si Dios lo estuviera sujetando desde el cielo.

—No tengas miedo, Rodrigo —dijo el hombre con voz afable—. ¿Sabes quién soy?

Le contó que era san Lázaro, el protector de los leprosos. El día anterior, había salido al encuentro de Rodrigo haciéndose pasar por un anciano enfermo para ponerlo a prueba. Y Rodrigo había demostrado que tenía el espíritu caritativo de los buenos cristianos.

2 **raídas**: tan gastadas por el uso que parecen a punto de romperse.

—Dios está contigo —dijo san Lázaro—: seguro que lo notas dentro del pecho. No lo abandones y Él no te dejará. Te llevará a la victoria muchas veces y propagará tu fama por todos los rincones del mundo. Incluso después de la muerte te permitirá vencer.

Rodrigo se quedó asombradísimo.

—¿Después de la muerte? —dijo—. ¡Nadie puede vencer después de muerto!

San Lázaro no llegó a responder. Porque de pronto su figura se desvaneció en el aire. El único rastro que dejó su presencia fue un raro olor de incienso que perfumaba el bosque.

El mejor castigo

A su vuelta de Galicia, Rodrigo regresó a Burgos. Su padre le había avisado por carta de que, en la ciudad, las aguas estaban volviendo a su cauce. Los amigos del conde de Orgaz habían renunciado a la venganza, así que Rodrigo podía volver. Había llegado la hora de empezar un tiempo nuevo.

Cuando el rey Fernando supo que Rodrigo estaba de vuelta, exigió verlo. Rodrigo se maldijo a sí mismo. Se puso en lo peor: seguro que el rey quería castigarlo. Volver no había sido una buena idea. Los moros, de repente, le parecieron menos amenazantes que los cristianos. Pero no podía negarse a ir a palacio... El día en que fue a ver al rey, se convirtió de pronto en el niño asustado que no había sido nunca. Entró en palacio con la garganta seca. Los nervios le llameaban en la boca del estómago.

Don Fernando lo miró con gesto serio. El joven Rodrigo tragó saliva.

—Tengo que proponerte algo que no te va a gustar —dijo el rey.

A Rodrigo se le disparó el corazón. Definitivamente, volver a Burgos había sido un error. De pronto, se sintió acorralado. El rey respiró hondo antes de proseguir. Con una voz firme que no admitía discusiones, le dijo a Rodrigo:

—Tienes que casarte con Jimena. Es la ley. Al matar a su padre, la dejaste desamparada. Ahora, tu responsabilidad es protegerla.

Rodrigo pensó que estaba soñando. El rey le exigía una reparación que era en realidad toda una alegría. Por lo visto, tenía intención de castigarlo, pero Rodrigo no podía imaginarse un castigo mejor. Por la comisura de los labios se le escapó una felicidad casi infantil.

—La protegerás, ¿verdad? —preguntó don Fernando.

—Hasta el fin de mis días —prometió Rodrigo.

La boda fue en Palencia. A los novios se les vio muy felices. Jimena, por fin, volvía a sonreír. Era la novia más bella del mundo. Con su corona de azahares y su mirada tierna, resultaba imposible mirarla y no enamorarse.[1]

1 El azahar, la flor del naranjo, es de color blanco, y las novias suelen usarlo como adorno porque simboliza la pureza y la voluntad de mantenerse fiel al marido.

Últimas voluntades

Más tarde o más temprano, todo en la vida llega a su fin. La niñez pasa, el amor se agota, las arrugas se comen la belleza y la vejez se deshace en manos de la muerte. Ni siquiera los reyes, por más que manden, consiguen escapar de esa ley universal.

Don Fernando había reinado en Castilla durante treinta años. Podía sentirse orgulloso de sus obras. Había agrandado su reino arrebatándoles tierras a los moros, había mandado construir varias catedrales y se había manejado en los asuntos más ingratos con un enorme sentido de la justicia. Pero le estaba llegando el momento de dejar de ser presente y convertirse en pasado. Una tarde de invierno, cuando estaba por cumplir los cincuenta años, sintió un extraño dolor en el pecho. En cuanto llegó a palacio, se metió en cama, y ya no volvió a ponerse en pie. Seis días se prolongó su fiebre, seis días en los cuales se fue haciendo a la idea de que el fin se acercaba. El obispo le dio la extremaunción,[1] y entonces don Fernando convocó a sus hijos en su alcoba.[2] Quería decirles adiós y darles a conocer sus últimas voluntades.

Estaba anocheciendo cuando los cinco hijos del rey entraron en el aposento de su padre. Las dos infantas, Urraca y Elvira, ves-

1 **extremaunción**: ritual cristiano en que el sacerdote confiesa a la persona que está a punto de morir y le aplica aceite en la frente y las manos, con el objetivo de prepararla espiritualmente para su viaje hacia el más allá.

2 **alcoba**: habitación.

tían de negro. Los tres varones, Sancho, Alfonso y García, venían con gesto fúnebre. Don Fernando miró a sus cinco hijos con aire dolorido. Las brumas de la muerte ya empañaban sus ojos.

—Esta vida se acaba… — murmuró.

Arrodilladas a los pies de la cama, doña Urraca y doña Elvira rompieron a llorar. Besaron las manos del rey, las acariciaron, las dejaron empapadas en lágrimas.

—Quiero que oigáis mi última voluntad… —dijo don Fernando.

La oyeron. Y cada cual la recibió de una manera distinta.

A medianoche, un búho ululó en un árbol, muy cerca de palacio. El rey soltó un gemido y al instante dejó de respirar.

Sangre en las manos

Don Sancho, el hijo mayor del rey, abandonó la habitación de su padre con los puños apretados. Estaba furioso. ¿Qué insensatez era aquella? ¡No podía entender la última voluntad de su padre! En vez de dejarle todo su reino al mayor de sus hijos, como se había hecho siempre en Castilla, había repartido sus tierras entre los cinco hermanos. León sería para Alfonso. Galicia quedaría en manos de García. Toro, la ciudad de las recias almenas, se le entregaría a Elvira. Y el señorío de Zamora, que era la joya del reino, sería en adelante patrimonio de Urraca. A don Sancho solo le quedaba Castilla. Las tierras reunidas por el padre bajo una única corona volvían a disgregarse en manos de los hijos. ¿A qué venía aquella locura? ¿Tan difícil era entender que un reino grande es más fuerte y temible que cinco reinos pequeños?

Sancho estaba dolido además de rabioso. Se negaba a aceptar la voluntad de su padre. Quería tener en sus manos todas las tierras que había poseído don Fernando. Y no pensaba rendirse hasta que fuesen suyas. Castilla, León, Galicia, Zamora y Toro tendrían de nuevo un único señor.

—Reharé lo que mi padre ha deshecho —le dijo al Cid.

—¿Cómo?

—¿Cómo va a ser, Rodrigo? Estas cosas solo pueden hacerse de una manera. Nos guste o no nos guste, habrá que mancharse las manos de sangre.

Amor y miedo

Siguieron siete años de guerra. Sancho se unió primero a su hermano Alfonso para quitarle Galicia al rey García. Después, Sancho y Alfonso guerrearon entre sí porque cada uno ansiaba el reino del otro: Sancho ambicionaba ser dueño de León, en tanto que Alfonso quería adueñarse de Castilla.

Fueron años difíciles también para el Cid. Don Sancho lo había nombrado alférez de su ejército, así que Rodrigo se encargaba de dirigir la tropa y llevar la bandera durante las batallas. En los tiempos de tregua, volvía a Vivar y entonces no se apartaba de Jimena ni un solo instante. Los besos y las caricias duraban noches enteras. Nacían del amor, pero también del miedo. Un guerrero no sabe nunca si ese beso que está dando será el último, pues de la guerra no siempre se vuelve.

De aquellos reencuentros pasajeros les nacieron dos hijas, Elvira y Sol. De la madre heredaron el pelo castaño y los pómulos altos. Del padre, los ojos, tan despiertos. Elvira y Sol se parecían como dos gotas de agua. El Cid las adoraba. De hecho, se sorprendió de que uno pudiera querer tanto a una persona. Ser padre le descubrió, además, un miedo nuevo, el miedo de dejar solas a sus hijas. Cada vez que salía de Vivar para volver a la guerra, y Jimena y las niñas le decían adiós con la mano, el Cid se marchaba mordiéndose por dentro. Era la única manera de dejarlas atrás sin echarse a llorar.

Golpejera

Sancho y Alfonso parecían dos lobos hambrientos. Pero no tenían hambre de carne, sino de tierra. Cada uno quería el reino del otro, así que estaban condenados a enfrentarse. Además de la sangre, compartían la ambición, y al final la ambición pesó más que la sangre. Entonces se plantaron cara, se desafiaron, se declararon la guerra. Pero los dos estaban de acuerdo en una cosa: no querían desgastarse en una contienda larga, así que pactaron enfrentarse en una guerra breve, que durase un único día. Empezarían a luchar cuando saliese el sol y acabarían en la noche. El que llevase ventaja cuando estuviese terminando el día se quedaría con los dos territorios que estaban en juego: sería a la vez rey de Castilla y rey de León.

La batalla se libró en Golpejera, una llanura situada en la frontera entre los dos reinos. Alfonso y Sancho contaban con fuerzas similares: un ejército de mil caballeros y tres mil peones cada uno. Antes de que amaneciera, los dos ejércitos ya estaban situados frente a frente. Corría el mes de enero y hacía frío. Caían, como con desgana, algunos copos dispersos de nieve. Un mar de escudos cubría el pecho de los caballeros. La brisa, gélida, ondulaba los pendones.[1] Cuando empezó a clarear, a lo lejos se dibujó entre la niebla la villa de Carrión.

---

1 **pendón**: bandera.

El Cid tomó la bandera, que es el alma de la tropa. Debía mantenerla en alto durante todo el combate. A su lado, alguien dijo:

—¡Empecemos de una vez! ¡Hay que entrar en calor!

El Cid volvió la cabeza hacia el hombre que acababa de hablar. Lo conocía bien. Se llamaba don Martín y era un tipo aguerrido, parlanchín, algo fanfarrón. Aquel día montaba una yegua de pelo castaño. Don Martín miró al Cid y dijo alegremente:

—¡Los leoneses van a morder el polvo!

Parecía que iba añadir algo, pero no tuvo tiempo, porque, en aquel mismo instante, una flecha surgió de la nada y se clavó en el ojo derecho de don Martín. Y era tanta la fuerza que llevaba que, después de atravesarle el ojo, le cruzó la cabeza y asomó por la nuca. Don Martín cayó fulminado al suelo, a los pies de su yegua. Su boca entreabierta y su cuerpo inmóvil, su cara manchada de sangre, eran un presagio atroz de lo que estaba por venir. En la guerra, la muerte no perdona.

Los dos ejércitos pelearon a sangre y fuego. A ratos, los caballos levantaban una polvareda tan espesa que costaba ver al hombre al que uno tenía delante, así que había que luchar de oídas, guiándose por los jadeos del enemigo. Sonaban llantos, gemidos, gritos, insultos, se suplicaba a Cristo y se maldecía al Diablo. Don Alfonso había prometido una moneda de plata por cada cabeza que hicieran rodar los suyos, así que los leoneses mataban a diestro y siniestro con la esperanza de hacerse ricos en un solo día. Sus hachas y sus lanzas segaban vidas sin parar. Se encarnizaron tanto que, al atardecer, el Cid comprendió que la victoria ya no estaba al alcance de los suyos. Por cada soldado castellano que seguía en pie

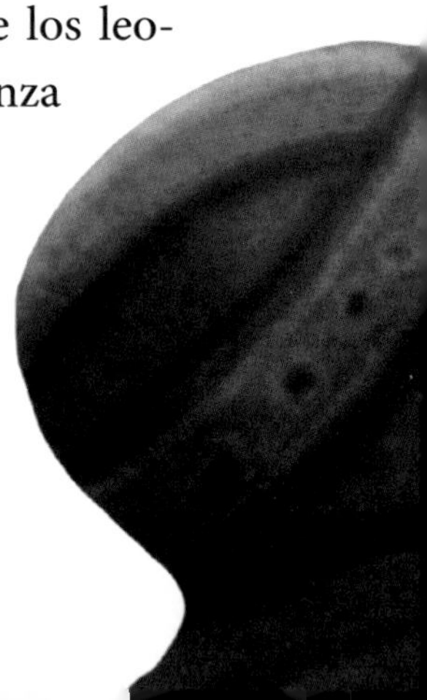

quedaban por lo menos dos leoneses. Continuar luchando era una locura. Tocaba rendirse.

—¡Nos retiramos! —gritó el Cid.

Los castellanos dejaron la batalla en el punto en que estaba y se replegaron. Cabalgando con las pocas fuerzas que todavía conservaban sus caballos, corrieron a refugiarse en una colina cercana. Desde allí, el Cid miró hacia el campo de batalla. La llanura de Golpejera era un cementerio. Había cadáveres por todos lados, manos cortadas, cabezas abiertas, caballos derribados, cuerpos atravesados por heridas brutales a las que ningún ser humano podía sobrevivir. Un soldado llegó corriendo hasta el Cid y, entre jadeos, hablando a trompicones, dijo:

—¡El rey… no está! ¡Don Sancho… ha caído… prisionero!

Era una noticia pésima. Perder al rey significaba salir no solo vencido sino, además, humillado. No había tiempo que perder. El Cid señaló a unos cuantos hombres que tenía cerca y les dijo:

—¡Venid conmigo!

Luego, picó espuelas[2] y volvió cabalgando hacia la llanura sembrada de cadáveres.

Mientras tanto, trece jinetes habían rodeado a don Sancho. Cada uno lo apuntaba con su lanza, así que el rey estaba amenazado desde los cuatro puntos cardinales. Los trece hombres irradiaban alegría, y no era para menos, pues habían concluido la batalla haciéndose con la pieza mayor del ejército enemigo.

—¿Tenéis miedo, Majestad? —se burló uno de los caballeros.

Los demás se rieron escandalosamente. En la hora de la victoria sucede a menudo que los soldados se vuelven arrogantes.

2 **picar espuelas**: clavarle al caballo los pinchos que el jinete se calza en las botas a fin de que el animal corra lo más posible.

Pero aquel día la mofa[3] duró poco. De pronto, alguien cayó como un rayo sobre los trece hombres. Se movía tan deprisa que costaba distinguir su figura y verle la cara. Pero don Sancho lo reconoció de inmediato. Llevaba muchos años tratando al Cid, y lo habría identificado incluso en la más honda de las tinieblas. Aquel día lo miró como mira un creyente al dios al que reza, pues Rodrigo había aparecido de pronto para salvarlo del trance más difícil. Su lanza milagrosa se impuso desde la primera embestida. Golpe a golpe, el Cid fue derribando a todos los caballeros que rodeaban al rey. Cuatro murieron en el acto, ocho quedaron malheridos en el suelo y solo uno logró darse a la fuga. Fue una victoria sublime. Tras el esfuerzo, el Cid se despojó de su yelmo y de su almófar[4] y se secó con la mano el sudor de la frente. Tenía las mejillas salpicadas de sangre.

—Sois libre de nuevo, Majestad —le dijo al rey.

El rey sonrió, pero de forma fugaz. Era libre de nuevo, ciertamente, pero aquel alivio no cambiaba las cosas. El balance de la batalla era desolador: don Sancho había perdido su reino. Ya no tenía corona ni trono. Castilla había dejado de ser suya.

El Cid trató de animarlo.

—No todo está perdido, Majestad —dijo.

Don Sancho lo miró con ojos incrédulos. En su mirada no quedaba ni una chispa de esperanza.

—Toca aceptar la verdad —replicó con voz resignada—. Ya no sirve de nada ser optimista.

3 **mofa**: burla, escarnio.

4 **almófar**: capucha hecha de anillas de hierro que el guerrero se ponía en la cabeza por debajo del yelmo o casco, y que protegía el cráneo de golpes, espadazos y rozaduras.

—A lo mejor sí, Majestad. Pactasteis con vuestro hermano que quien venciese en este día se quedaría con el reino del otro, ¿no?

—Así es —dijo don Sancho, masticando su pena.

—Entonces todavía podemos ser optimistas.

El rey se irguió en su montura. Conocía a Rodrigo. Era hombre de ingenio despierto, de inteligencia rápida, de ideas felices.

—¿Estás pensando en…? —preguntó don Sancho.

No se molestó en acabar la frase. No hacía falta, porque los dos estaban pensando lo mismo.

Al Cid le brillaron los ojos.

—En la guerra —dijo—, toda astucia es válida. Igual que en el amor, Majestad.

El contrataque

Había caído la noche. Los leoneses dormían en su campamento, agotados por el esfuerzo demencial del combate. Había sido un día largo, pero se había sellado con una victoria. Solo don Alfonso, el rey de los leoneses, permanecía despierto. Pero no era la inquietud lo que lo mantenía en vela, sino la excitación. Ahora era rey por partida doble. Pronto entraría en Burgos y se sentaría en el trono de Castilla. Se sentía un elegido de Dios.

De repente, se oyeron gritos en el campamento. La noche se llenó de relinchos, de maldiciones, de espadas que chocaban ferozmente, de hombres que suplicaban ayuda a Dios. Alarmado, don Alfonso salió de su tienda. Y, cuando miró alrededor, perdió de golpe toda su alegría. El ejército de don Sancho había vuelto al combate. Estaba allí, atacando su campamento. Los hombres del Cid asaltaban las tiendas y sorprendían al enemigo en pleno sueño. Cuando los leoneses abrían los ojos, se encontraban con la espada en el cuello y la lanza en el vientre. Los dos reyes habían pactado que la guerra la ganaría quien llevase ventaja al acabar el día, y don Sancho se había tomado aquella regla al pie de la letra. El día no había acabado... El día no terminaba hasta la medianoche...

—¡León será nuestro! —gritaban los castellanos.

Fue una batalla fugaz. Al poco de empezar, volvió el silencio. Todos los leoneses habían muerto o se habían dado a la fuga. El

Cid quiso redondear la victoria de los castellanos capturando a don Alfonso, pero, cuando fueron a buscarlo, el rey había huido. En el centro de su tienda, ya vacía, llameaba una vela solitaria. El Cid estaba mirándola cuando don Sancho se le acercó. Don Rodrigo notó la mano amistosa del rey en el hombro y luego oyó su voz. Sonaba satisfecha, plácida, confortable:

—Hemos salvado Castilla, Rodrigo, y nos hemos hecho con León. No podemos pedir más. Y todo te lo debemos a ti.

Bajo la luz azulada de la luna, los soldados castellanos formaron un amplio círculo alrededor del Cid. Sus cotas de malla estaban salpicadas de sangre y sus rostros reflejaban una fatiga abrumadora. Pero, a pesar de todo, sonreían. El plan del Cid había resultado. Atacar al enemigo en plena noche había sido una idea astuta, una artimaña brillante, un gran acierto.

—¡Que viva nuestro Campeador! —gritó alguien.

Todos se sumaron a la aclamación, incluido el rey.

Desde entonces, al Cid lo llamaron *el Campeador*, que es la palabra con la que se describe al que domina el campo de batalla y conoce tan bien las tretas de la guerra como la palma de su propia mano.

La muerte reina en Zamora

Hay hombres que no sacian nunca su sed de poder. Don Sancho había nacido ambicioso, y moriría ambicioso. Siempre deseaba más. La ambición era un rasgo de su carácter, un hábito, un destino, una pulsión que no podía evitar. Era rey de Castilla por herencia, había tomado Galicia por la fuerza de las armas y se había hecho con el reino de León en una batalla rápida que se había decidido en plena noche, pero no tenía bastante. Aún quería más. Una vez se sintió dueño de León, puso sus ojos en el señorío de Zamora, que estaba en manos de la infanta doña Urraca.

Para don Sancho, Zamora era algo más que un deseo: era una obsesión del alma. Hablaba de la ciudad como hablan los hombres de una mujer hermosa. Sus torres y sus muros lo tenían fascinado. Un día, pidió reunirse con doña Urraca. Le anunció que estaba dispuesto a comprarle la ciudad.

—Pon un precio —le dijo.

—Zamora no se vende —respondió doña Urraca.

—Todo tiene un precio —insistió don Sancho.

Pero doña Urraca no cedió. Entonces, don Sancho se reunió con el Cid y le dijo:

—Prepara tropas, Rodrigo. Vamos a cercar Zamora.

Cercar una ciudad era la forma más fácil de conquistarla, aunque también la que exigía más paciencia. Se rodeaba la población, se impedía que entrasen alimentos en su interior y se dejaba pasar el tiempo. Tarde o temprano, dentro de la ciudad empezaban a escasear los víveres, y entonces sus habitantes se rendían. Don Sancho pensó que la estrategia funcionaría con Zamora, así que sitió[1] la ciudad. Dos mil soldados rodearon sus murallas. Durante meses, ni un grano de trigo atravesó las puertas de la ciudad.

El hambre cundió por Zamora. La gente mató a los caballos para comérselos y devoró la paja de los corrales, la maleza que crecía en las esquinas, el cuero de los escudos, las riendas de los caballos. Pronto, los cadáveres se amontonaron en las calles. Muchas personas murieron por culpa del hambre, y otras se ahorcaron para dejar de sufrir.

A los siete meses de que empezara el sitio, doña Urraca tomó una decisión. Convocó en su palacio a los nobles de Zamora para hacerles saber lo que había pensado, y los nobles aparecieron pálidos, con los labios agrietados y la mirada perdida. El hambre los estaba matando, y apenas tenían fuerza para dar un paso o alzar la voz. Avanzaban como sonámbulos. Parecían muertos en vida. Urraca los miró con dolor.

—Ha llegado la hora de rendirnos —dijo—. La vida vale más que el orgullo.

Los nobles respiraron aliviados. No podían soportar, ni un día más, el azote del hambre. Habían muerto demasiadas personas, se habían destruido demasiadas familias. Doña Urraca tenía razón: era mejor entregar el señorío, porque nada vale tanto como la vida.

---

1 **sitiar**: cercar, asediar.

—¿De verdad os vais a rendir? —se oyó de pronto.

Un hombre alto y de barba rojiza empezó a abrirse paso entre la muchedumbre. El hambre lo había debilitado como a todos los demás, pero su voz seguía sonando enérgica. El hombre llegó al pie del estrado, se volvió hacia los presentes y dijo con firmeza:

—¡Nuestro deber es luchar hasta el final! ¡Solo los cobardes se rinden!

Se llamaba Vellido Dolfos. Era leonés y andaba por los treinta años. Tenía los ojos pequeños, la piel pálida y una barba rizada del color del azafrán.

—Yo liberaré Zamora —anunció.

Lo dijo con desparpajo, casi con arrogancia. Doña Urraca hizo un gesto de incredulidad. Aquel anuncio era a la vez una esperanza y una ofensa, porque daba a entender que la infanta no había hecho lo suficiente por defender a los suyos. Doña Urraca dudó un instante. ¿Cuál era la respuesta adecuada al desafío de Vellido Dolfos? La infanta no lo sabía, así que se pasó un buen rato batallando contra sí misma. Todos en la sala estaban pendientes de su respuesta. Buscaban los movimientos de su boca con la misma ansiedad con que esperaban un mendrugo de pan que matara su hambre. Al fin, doña Urraca despegó los labios. Su respuesta sonó áspera y cortante.

—Os doy cinco días —le dijo a Vellido Dolfos—. Si liberáis la ciudad, os premiaré como conviene.

Doña Urraca ni siquiera preguntó qué planes tenía aquel hombre para liberar Zamora. De haberlos conocido, tal vez su respuesta habría sido distinta.

Vellido Dolfos

Caía la tarde, y don Sancho miraba hacia Zamora. Podía pasarse horas así, como hechizado. No entendía que, tras siete largos meses de asedio, los zamoranos siguieran sin rendirse. ¿Cómo podían aguantar tanto? ¿De dónde sacaban la fuerza que los mantenía vivos? ¿Qué milagro los ayudaba a salir adelante? Nadie lograba explicarse aquella resistencia sobrehumana. Don Sancho empezó a pensar que tal vez era una señal del cielo. Quizá Dios estaba diciéndole que no debía hacerse con Zamora. Desalentado, el rey se metió en su tienda a descansar un poco.

—¡Alguien sale por la muralla! —se oyó entonces.

Don Sancho abandonó rápidamente su tienda. Miró a lo lejos. Las puertas de Zamora acaban de abrirse y un jinete salía de la ciudad. Galopaba a uña de caballo,[1] a lomos de un corcel[2] negro como la muerte. Diez o doce caballeros lo seguían. Pero, de pronto, se detuvieron y abandonaron la persecución: el jinete que huía se estaba acercando al campamento de don Sancho, y no era cuestión de arriesgarse a caer en manos del enemigo. Desde lejos, uno de los caballeros le gritó al que se había dado a la fuga:

—¡No volváis por aquí, Vellido Dolfos! ¡Estamos hartos de vuestras mentiras!

1 **a uña de caballo**: a todo correr.
2 **corcel**: caballo ligero y alto usado en las batallas.

El fugitivo siguió cabalgando cosa de media legua. El Cid le salió al encuentro en compañía de seis soldados y le ordenó que se detuviese. El fugitivo no opuso resistencia. Bajó del caballo y dejó que los hombres del Cid lo registrasen: había que asegurarse de que no llevaba armas encima. El fugitivo era un hombre pálido y alto, con una barba anaranjada de rizos menudos. Se notaba que había pasado hambre en Zamora porque la piel le marcaba perfectamente los huesos. Unas ojeras grandes, color violeta, le comían la mitad de la cara.

—¡Por favor, dejadme hablar con vuestro rey! —dijo—. ¡Hay algo importante que debe saber!

Don Sancho se acercó. Miró al recién llegado tan fijamente como si tratara de leerle el pensamiento.

—¿Quién eres? —le preguntó con aspereza.

El fugitivo se echó a los pies del rey y le besó las manos.

—¡Tened piedad de mí, Majestad! —dijo—. Me llamo Vellido Dolfos y he caído en desgracia de vuestra hermana. Hace unos días, le propuse a doña Urraca un plan para liberar Zamora, y ella aceptó. Pensó que yo era su última esperanza, y dijo que me facilitaría todo lo que necesitase. Pero no ha sido así y mi plan ha fracasado. Ahora doña Urraca me tacha de traidor, dice que le he mentido y hasta me ha enviado a seis matarifes para quitarme la vida. ¡He escapado de la muerte en el último momento! ¡Tomadme por vasallo,[3] Majestad, y no os arrepentiréis! ¡Lo sé todo sobre Zamora! ¡Confiad en mí y la ciudad será vuestra!

Don Sancho sonrió. ¡Qué vueltas daba la vida! Hacía un rato había pensado en abandonar el sitio de Zamora, y ahora el des-

3 **vasallo**: persona que, en la Edad Media, se ponía al servicio de un rey o señor feudal a cambio de protección.

tino estaba a punto de servirle la ciudad en bandeja. De pronto comprendió que Vellido Dolfos era el cómplice perfecto para encontrarle una salida a aquel callejón en el que estaba encerrado. Dios, que piensa en todo, había encontrado la manera de ayudarle cuando más perdido se sentía.

—Venid conmigo —dijo el rey—. Cenaremos juntos.

Durante la cena, Vellido Dolfos le contó a don Sancho un secreto que nadie conocía más que él. Le dijo que en la muralla de Zamora había un portillo[4] que permanecía abierto día y noche. Nadie lo vigilaba, por la sencilla razón de que todos ignoraban su existencia, ya que la maleza había crecido con tanta fuerza delante del portillo que había acabado por dejarlo oculto. Para conquistar Zamora, pues, lo único que debía hacer don Sancho era entrar con sus tropas por aquella puerta escondida cuando se hiciera de noche.

—¿Y dónde está exactamente ese portillo? —quiso saber don Sancho.

—Mañana os lo enseñaré —dijo Vellido Dolfos.

Los labios del rey se arquearon en una sonrisa. Zamora se hallaba al fin a su alcance. Don Sancho estaba tan ilusionado que aquella noche ni siquiera durmió. Cerraba los ojos pero el sueño no venía. Las horas pasaban lentas como siglos. Don Sancho oía a los búhos que ululaban y a los guardianes que canturreaban alrededor de su tienda. Cuando la primera luz del día iluminó el horizonte, el rey ya estaba en pie. Se sentía impaciente. Ardía en deseos de descubrir el portillo secreto del que le había hablado Vellido Dolfos. Y, como no quería esperar a nadie, se fue a buscarlo por sí mismo.

4 **portillo**: puerta pequeña.

El rey no avisó de que se iba. Montó en su caballo y trotó sin escolta hacia los muros de Zamora. La ciudad, al alba, se veía hermosísima. Un sol anaranjado besaba la muralla y una niebla tenue se enroscaba en sus torreones, igual que un pañuelo de seda envuelve el cuello de una mujer. Don Sancho llegó al pie de la ciudad y descabalgó.

Justo en aquel momento, el Cid abrió los ojos en su tienda. Le había costado dormir. Lo inquietaba lo que había sucedido la noche anterior, pues le parecía demasiado bonito para ser verdad. Vellido Dolfos había aparecido de la nada para servirle en bandeja a don Sancho la victoria que tanto se le había resistido. Algo no cuadraba en aquel extraordinario golpe de suerte. El Cid se preguntaba si Vellido Dolfos sería de fiar. Era posible, en efecto, que aquel hombre desease vengarse de doña Urraca, pero, en todo caso, convenía ser prudente. El Cid seguía siendo joven, pero los años le habían enseñado que en la guerra nada es lo que parece. A menudo el traidor tiene cara de amigo y el terreno despejado esconde en realidad miles de trampas.

Para entonces, el rey llevaba un rato buscando el portillo. Pero, por más que examinaba los bajos de la muralla, no lograba encontrarlo. De pronto, oyó un caballo que se acercaba. Se espantó. ¿Quién sería? Comprendió que había hecho mal en abandonar el campamento sin escolta. Se había precipitado, como tantas veces. Ni siquiera había tomado la precaución de armarse. Lo único con que podía protegerse era un venablo[5] que llevaba colgado del caballo. Solía usarlo para cazar, pero pensó que también podía servirle para defenderse. Estaba a punto de empuñar-

5 **venablo**: lanza corta.

lo cuando vio la cara del jinete que se acercaba. Don Sancho respiró con alivio.

—Vellido —dijo—, qué bien que hayáis venido.

Mientras tanto, en el campamento, el Cid se fue a buscar al rey. Y, al acercarse a la tienda de don Sancho, vio que sus guardianes corrían, alarmados, de acá para allá.

—¡Don Sancho no está! —se lamentaban—. ¡Se ha marchado del real[6] sin avisar a nadie!

El Cid corrió hacia la tienda de Vellido Dolfos. Y descubrió que tampoco Vellido estaba. Seguro que los dos se habían ido juntos hacia Zamora.

Al pie de la muralla, Vellido Dolfos le preguntó a don Sancho:

—¿Habéis encontrado el portillo?

El rey negó con la cabeza.

—Yo os lo enseñaré —dijo Vellido, y los ojos del rey centellearon.

El Cid, mientras tanto, buscaba sus espuelas: había decidido irse para Zamora. Tenía un mal presentimiento, y no se lo sacaría de encima hasta que viera a don Sancho. Pero no encontraba las espuelas. Por más que las buscaba, no aparecían. A cada instante que pasaba, su angustia iba creciendo. ¡Malditas espuelas!, ¿dónde las había dejado? No podía perder más tiempo, así que decidió cabalgar a la antigua, sin espuelas.

Para entonces, don Sancho ya volvía hacia el real en compañía de Vellido. Y volvía contento, porque Vellido le había enseñado el portillo en el que estaban cifradas todas sus esperanzas. Ahora don Sancho conocía el punto vulnerable de Zamora,

6 **real**: campamento en que se encuentra el rey.

la puerta secreta de la que dependía su victoria. Aquel descubrimiento lo llenaba de alegría. El rey y Vellido cabalgaban muy cerca uno del otro. En cierto momento, don Sancho detuvo su caballo, descabalgó y le dijo a Vellido:

—Esperadme un momento.

No contó más, pero Vellido comprendió. Aunque era rey, don Sancho tenía las mismas necesidades que el resto de los mortales. Vellido lo vio alejarse, esconderse tras unos arbustos y agachar la cabeza. Entonces, miró el caballo de don Sancho. De la silla pendía un venablo dorado. Vellido lo descolgó. Era un arma poderosa, y estaba afilada a conciencia. Aunque había sido fabricada para cazar jabalíes, Vellido pensó que, si servía para tumbar fieras, también podía servir para matar reyes…

El Cid quería galopar, pero no podía, porque, como no se había calzado las espuelas, no tenía manera de picar a su caballo. El animal avanzaba a paso sereno, y aquel trote tranquilo desesperaba al Campeador.

Con el venablo en la mano, Vellido se acercó pasito a paso a los matorrales tras los que el rey descargaba su vientre con las calzas bajadas. El corazón le latía al galope. La operación era arriesgada pero necesaria. El futuro de Zamora dependía de lo que hiciera Vellido en los instantes siguientes. No podía defraudar a su ciudad. Con prudencia, para que el crujir de sus pasos no lo delatara, apartó lentamente los arbustos que tapaban al rey. Don Sancho estaba agachado, desnudo de cintura para abajo, completamente indefenso. Su mirada de horror duró solo un instante. En un mismo momento fue consciente del error que había cometido y de la atrocidad que iba a acabar con su vida. Don Sancho trató de ponerse en pie, pero ya era tarde. Vellido alzó el brazo y lanzó el venablo con todas sus fuerzas. El arma alcanzó al rey justo en el pecho. Una explosión de sangre manchó los matorrales.

«Por fin», se dijo el Cid. Ya estaba cerca de Zamora. Divisó un caballo: era el robusto alazán[7] del rey. El animal estaba solo, paciendo sin prisas la hierba salpicada de rocío. Por un momento, aquello lo tranquilizó. Si el caballo estaba allí, don Sancho no debía de andar muy lejos. Y, si el animal se hallaba solo, era porque Vellido Dolfos no se encontraba cerca del rey, pues, de lo contrario, los dos caballos se habrían visto juntos. Pero, por más que miraba alrededor, el Cid no encontraba al rey. De pronto, oyó unos cascos de caballo a sus espaldas. Al darse media vuelta, descubrió un jinete que se alejaba. Cabalgaba a lomos de un corcel negro, de crines largas, de recios músculos. ¡Era el caballo de Vellido Dolfos! El Cid notó que su mal presentimiento le formaba un nudo atroz en la boca del estómago. Vellido Dolfos cabalgaba en dirección a Zamora. ¿Por qué iba tan deprisa? ¿De qué huía? El Cid no tenía una respuesta, pero su mal presagio le avisó de lo que tenía que hacer. Sin perder un instante, azotó las ancas de su caballo y se fue tras Vellido Dolfos. Pero, por supuesto, no consiguió alcanzarlo. Su caballo, al no notar el dolor que causaban las espuelas, se negó a cabalgar. El Cid se enojó consigo mismo. Con los puños cerrados, mirando al cielo, maldijo a los caballeros que cometen el error de montar sin espuelas. Vellido Dolfos alcanzó al fin la muralla de Zamora. Alguien estaba esperándolo al otro lado y le abrió la puerta para dejarlo entrar.

Por la vida de don Sancho no se pudo hacer nada. Murió a media mañana, desangrado.

---

7 **alazán**: caballo de color rojizo o canela.

Un rey asesino

Tras la derrota de Golpejera, don Alfonso, el hermano de don Sancho, se había refugiado en la taifa de Toledo.[1] Reinaba allí un viejo amigo suyo, el moro Almamún, que le hizo el favor de acogerlo. Almamún era un hombre robusto y risueño que disfrutaba de la vida y creía en la amistad. Se había hecho construir un palacio espléndido a orillas del Tajo, donde vivía con sus doce mujeres. A Almamún le gustaban las joyas caras y las canciones de amor. Salía a cazar a diario y se regalaba con largos banquetes en los que no faltaba de nada. En las tardes de verano, reunía en su patio de recreo a los mejores poetas de la taifa, que recitaban sus versos bajo la copa de los naranjos. En medio de aquel paraíso, todo el mundo parecía feliz menos don Alfonso. Se sentía un rey sin trono. Seguía pensando en León.

Una mañana, a finales de octubre, llegó al palacio de Almamún un mensajero. Venía desde Zamora y había cambiado cinco veces de caballo a lo largo de su viaje. A fuerza de tanto correr, al último animal lo había reventado a las puertas de Toledo. El mensajero traía una carta para don Alfonso: debía entregarla con urgencia. Don Alfonso la abrió, la leyó en silencio y se quedó pensativo.

—¿Malas noticias? —le preguntó Almamún.

---

1 En época del Cid, España estaba dividida en reinos cristianos y reinos musulmanes. A estos últimos se les llamaba *taifas*.

—Malas y buenas —respondió don Alfonso—. Han asesinado a mi hermano en Zamora.

Era una mala noticia, desde luego, porque la sangre es la sangre y un hermano es siempre un hermano. Pero se trataba, al mismo tiempo, de una buena nueva, pues ahora el trono de Castilla y León estaba vacío, y era don Alfonso quien debía ocuparlo. Sería rey de nuevo. Volvería a ser feliz.

Ahora bien, no le iba a ser fácil sentarse en el trono. Castilla estaba conmocionada por el asesinato de don Sancho, y eran muchos los que sospechaban que el crimen había sido urdido por don Alfonso para heredar el trono que acababa de quedar vacante.[2] Castilla recelaba de don Alfonso. Nadie quería por rey a un criminal. A las pocas semanas del asesinato, los nobles de Castilla se reunieron en Burgos para debatir sobre el asunto. El ambiente era tenso. Se discutía agitadamente. Se veían caras serias. La palabra *asesino* corría de boca en boca. El Cid, como alférez de don Sancho, fue uno de los primeros en hablar.

—Me crie con don Sancho y lo conocí a fondo —dijo—. Pasé muchos años con él y estuve al tanto de cada uno de sus deseos. Don Sancho siempre quiso que Castilla y León permaneciesen unidos: lo dejó escrito en su testamento. Su voluntad era que el día en que él faltase, su hermano don Alfonso heredase el reino…

Sonaron rumores. No todo el mundo estaba de acuerdo.

—Dejadme terminar —dijo el Cid—. Mi propuesta es que aceptemos a don Alfonso como rey, pero con una condición: que, antes de ceñirse la corona, ponga la mano sobre la Biblia y jure solemnemente que no tuvo nada que ver en la muerte de su hermano.

2 **vacante**: desocupado, disponible.

Se oyeron varios aplausos. Parecía que los nobles de Castilla estaban por fin de acuerdo. Que don Alfonso jurase. Si juraba, quedaría claro que era inocente.

—Don Alfonso no tiene por qué hacer ningún juramento —se oyó de pronto—. ¿Qué necesidad hay de humillarlo?

El que hablaba era el conde García Ordóñez, un hombre maduro, alto, de huesos finos, tan delgado que parecía estar siempre de perfil. El conde tenía el rostro picado de viruela y una mirada esquinada de persona difícil.

—La verdad nunca humilla —replicó el Cid.

—Pero las sospechas sí —dijo García Ordóñez—. Obligar a don Alfonso a jurar su inocencia es el peor modo de darle la bienvenida…

García Ordóñez estaba emparentado con la familia real. Había sido un guerrero audaz en sus años mozos, y detestaba al Cid. Los dos se habían enfrentado en alguna ocasión, y el conde no había salido bien parado. Consideraba al Cid un oportunista, y le molestaba la enorme influencia que ejercía sobre los nobles del reino. Siempre decía que a Rodrigo el de Vivar le faltaban tierras y títulos y le sobraban delirios de grandeza.

—Todos deseamos que don Alfonso sea inocente —dijo el Cid—, pero, para que creamos en su inocencia, tendrá que jurar con la mano apoyada en la Biblia.

La sala entera aplaudió. El conde García Ordóñez había perdido, y lo comprendió de inmediato. Indignado, abandonó la sala mientras el Cid anunciaba:

—Puesto que la mayoría está de acuerdo, la jura tendrá lugar en quince días.

Santa Gadea

Santa Gadea era una iglesia modesta. En Burgos, había otros templos más anchos y más luminosos, pero el ambiente recogido y severo de Santa Gadea lo convertía en el lugar idóneo para un juramento solemne. Entre los muros de aquella iglesia era fácil recordar que Dios siempre está mirándonos. En Santa Gadea parecía imposible mentir.

El día en que don Alfonso tenía que jurar que era inocente, Santa Gadea se llenó desde primera hora. Todos los nobles de Castilla querían presenciar el juramento. El templo acabó abarrotado. Los nobles estaban tan apiñados que se daban codazos sin querer, pisoteaban al vecino a cada instante y recibían en la cara el aliento del que estaba al lado. El aire dentro de la iglesia casi podía palparse, de tan denso.

Confundido entre la muchedumbre, se encontraba Rodrigo el Campeador. Lo acompañaba uno de sus primos, el más querido, el joven Álvar Fáñez, al que el Cid consideraba su mano derecha. Moreno y alto, de cara fina, Álvar Fáñez tenía ojos de niño. Pero su pose dulce engañaba, porque, en el campo de batalla, no tenía miramientos con nadie.

—Don Alfonso no vendrá —le susurró al Cid—: es demasiado orgulloso.

—Por supuesto que vendrá. Si quiere el reino, le toca tragarse el orgullo.

La jura estaba prevista para el mediodía, y el mediodía pasó sin que don Alfonso hubiera aparecido. Dentro de la iglesia, el calor se volvió inaguantable. El capellán había decidido perfumar el ambiente quemando incienso, y el humo acentuaba la sensación de asfixia.

—No vendrá —dijo Álvar Fáñez.

—Sí vendrá —insistió el Cid.

De pronto, en el portal de Santa Gadea sonó un crujido de madero viejo. Todo el mundo volvió la cabeza hacia la entrada. Recortada en el portal, asomó la silueta espigada de don Alfonso. Venía vestido con colores vivos y llevaba su espada al cinto. Caminando con mucha firmeza, como si tuviera prisa y quisiera acabar pronto, se abrió paso entre la muchedumbre y llegó al altar. Miró al Cristo que presidía la iglesia, se santiguó rápidamente y luego dijo con voz áspera:

—¿Quién me va a tomar el juramento?

Estaba tenso, por supuesto. Lo que le pedían los nobles de Castilla le parecía intolerable. Don Alfonso se sentía el legítimo rey de Castilla y no deseaba humillarse delante de nadie, pero sus consejeros le habían hecho entender que le convenía jurar. La otra opción era levantarse en armas contra Castilla y entrar en Burgos cortando cabezas, pero, si lo hacía, siempre sería un rey débil. Necesitaba el apoyo de la nobleza para que nadie discutiera su poder. Por eso había acudido a Santa Gadea. Por eso iba a jurar aunque no quisiese.

—¿Quién me va a tomar el juramento? —repitió don Alfonso.

No hubo respuesta. Los nobles de Castilla parecían intimidados. Don Alfonso empezó a crecerse.

—Lo preguntaré por última vez... —dijo con fiereza.

No pudo acabar la frase. Desde el centro de la iglesia, alguien le respondió:

—Yo os tomaré el juramento.

Era el Cid. Había estado esperando a que alguien de más rango se ofreciera, pero los nobles de Castilla no parecían dispuestos a hacer el trabajo sucio. Nadie quería arriesgarse a quedar mal con don Alfonso. Porque, si don Alfonso se convertía en rey, la osadía de haberle hecho jurar podía salirle cara.

—¡Qué pronto cambian de parecer los nobles de Castilla! —se lamentó el Cid—. Hace unos días, todos dudabais de la inocencia de don Alfonso… Ahora, en cambio, guardáis silencio para que nadie os señale.

Todo el mundo bajó la cabeza. Solo el conde García Ordóñez mantuvo la barbilla bien alta. Desde el fondo de la sala, gritó:

—¡La jura no es necesaria! ¡Somos nosotros quienes debemos prometerle lealtad a don Alfonso!

—¡Si no hay jura, no habrá rey! —replicó el Cid con firmeza.

—¡Pues entonces tomadme el juramento de una vez! —bramó don Alfonso.

El Cid caminó hasta el altar. Al lado del crucifijo, había un atril[1] que sostenía una Biblia. El Cid quedó a un lado del atril y don Alfonso al otro.

—¿Juráis solemnemente, don Alfonso —dijo el Cid—, que no participasteis en el asesinato de vuestro hermano?

Don Alfonso miró al Cid rojo de cólera. Sentía una rabia atroz, pero la acallaba por conveniencia. Mordiéndose por dentro, contestó:

---

1 **atril**: mueble alto y estrecho que sirve para sostener un libro o partitura.

—Juro solemnemente que no tuve nada que ver en la muerte de don Sancho.

Un suspiro de alivio recorrió el templo. Las caras de los nobles se relajaron de golpe. Hasta se vio alguna sonrisa. La jura estaba hecha. Los ojos de don Alfonso perdieron algo de su dureza, y sus mandíbulas se destensaron. El único que no se relajaba era el Cid. Seguía mirando con fiereza a don Alfonso. Don Alfonso no acababa de entender aquella mirada. Era como si tuviese un significado oculto. Su sentido se aclaró de golpe cuando el Cid alzó de nuevo la voz para decir:

—Por segunda vez, don Alfonso: ¿juráis que no participasteis en la muerte de vuestro hermano?

Un murmullo saltó de boca en boca. Nadie entendía nada. ¿Qué estaba pasando? ¿A qué jugaba el Cid? Don Alfonso ya había hecho el juramento... ¿Qué necesidad había de repetirlo? Don Alfonso, contrariado, se volvió hacia los nobles que llenaban la iglesia. Buscaba una mirada cómplice, alguien que lo invitara a rebelarse, pero todo el mundo esquivó sus ojos. Tan solo García Ordóñez parecía hastiado. Pero incluso él calló. Al Cid no era fácil llevarle la contraria. Algo emanaba de su figura que le hacía imponerse con facilidad.

Don Alfonso volvió a poner su mano sobre la Biblia y dijo con voz firme:

—Juro de nuevo que no orquesté, planeé ni facilité el asesinato de mi hermano. Soy inocente, y Dios es testigo de que lo que estoy diciendo es la pura verdad.

Las palabras de don Alfonso sonaron firmes y convincentes. El segundo juramento había reforzado el primero. Así que había llegado el momento de acabar con la

ceremonia. Pero en el rostro del Cid no había cambiado nada. Sus ojos seguían clavados en los ojos de don Alfonso. Buscaban en sus pupilas un temblor que lo delatara, la sombra fugitiva de una mentira. El trono de Castilla no podía quedar en manos de un asesino: eso era lo que pensaba el Campeador. Había que asegurarse de que las manos de don Alfonso estaban limpias de sangre. Así que el Cid insistió en su petición. Con voz rotunda, dijo:

—Por tercera vez, don Alfonso, jurad que no os conjurasteis con vuestra hermana doña Urraca para matar a vuestro hermano don Sancho.

En la frente de don Alfonso centelleó un sudor frío. Un clamor de asombro barrió Santa Gadea. Todo el mundo parecía de acuerdo en que el Cid había llegado demasiado lejos. Desde el fondo de la sala, el conde García Ordóñez dijo con gesto avinagrado:

—¿A qué viene tanto juramento?

El Cid seguía mirando fijamente a don Alfonso. Y como don Alfonso callaba, volvió a preguntarle:

—¿Juráis por tercera vez, don Alfonso, que no participasteis en la muerte de vuestro hermano?

Don Alfonso apretó los dientes. Los tendones de su cuello estaban tensos como las cuerdas de un navío. Hasta el anillo que llevaba en el índice parecía a punto de reventar por la presión de los dedos. Sus ojos reflejaban un odio radiante y puro. De buena gana habría sacado la espada para acuchillar al Cid y les habría echado su corazón a los perros. Pero Dios debió de aconsejarle que no lo hiciera, porque, en vez de acometer un acto atroz, respiró hondo y declaró:

—Juro por tercera vez que soy inocente.

Entonces sucedió lo que ya nadie esperaba. La mirada del Cid se relajó de pronto. El tercer juramento había sido el último. Abandonando su pose rigurosa, el Campeador se adelantó hacia don Alfonso, se puso de rodillas y dijo:

—Aceptadme por vasallo, Majestad. Sois el nuevo rey de Castilla, y prometo seros leal hasta mi muerte.

Don Alfonso se amansó de golpe al oír aquellas palabras. Su entrecejo, hasta entonces fruncido, empezó a relajarse. Una luz nueva iluminaba su rostro.

—Os acepto como vasallo, don Rodrigo —dijo—, del mismo modo que los nobles de Castilla me aceptáis como vuestro monarca.

Una ovación atronadora estalló en Santa Gadea. Castilla tenía un nuevo rey.

Calumnias

Lo que ocurrió en Santa Gadea marcó a fuego la vida del Cid. Para muchos, Rodrigo el de Vivar se convirtió en un héroe, porque hacía falta ser muy valiente para obligar a un rey a jurar que no era un asesino, y más aún para exigirle que jurara tres veces. Otros, en cambio, se convencieron de que el Cid era un arrogante capaz de todo al que solo le interesaba acumular poder.

Durante unos diez años, el Cid estuvo al servicio de don Alfonso y fue un vasallo ejemplar que cumplía a rajatabla todas las órdenes. El rey no podía tener queja. Pero, de vez en cuando, se acordaba de Santa Gadea, y el recuerdo le revolvía las tripas. El conde García Ordóñez hacía lo posible por que aquella vieja herida no cicatrizara. Siempre que se le ofrecía la ocasión, trabajaba en contra del Cid. Una tarde, le dijo al rey:

—Ese Rodrigo se cree por encima de Su Majestad.

Se lo repitió muchas veces, en banquetes y consejos, en fiestas y desfiles. A toda hora y en cualquier situación, el conde García Ordóñez se acercaba al rey y le murmuraba al oído la letanía de su rencor. Le decía que el Campeador no era de fiar, que solo pensaba en sí mismo, que su corazón estaba corroído por la ambición, que andaba buscando cómplices para echar a don Alfonso del trono. Todo eran calumnias,[1] por supuesto, pe-

---

1 **calumnia**: acusación falsa hecha con la intención de causar daño.

ro aquellas mentiras iban minando la confianza del rey. A cada día que pasaba, don Alfonso tenía peor opinión del Cid. Todo lo que don Rodrigo hacía le molestaba, hasta sus atenciones, sus gestos más nobles, sus palabras amables.

Una primavera, el Campeador salió de Castilla con rumbo a Sevilla. Tenía que cobrar unas parias[2] allá en el sur, en nombre del rey. Cuando volvió, el conde García Ordóñez se acercó a don Alfonso y le dijo:

—Debo avisaros de algo, señor. He sabido que el Cid se ha quedado con parte del dinero que ha recaudado en el sur.

Cuando el rey oyó aquello, ardió en cólera. Ni siquiera se molestó en averiguar si lo que decía el conde era verdad. Llamó al Cid y lo acusó de haberle robado. A don Rodrigo no se le concedió la ocasión de defenderse. Desbordado por la ira, el rey dictó sentencia.

—Te ordeno que salgas de Castilla antes de nueve días —le dijo al Cid—. Si no lo haces, mandaré que te prendan[3] y serás juzgado por alta traición.

El Cid no tuvo más remedio que acatar la sentencia. Había jurado lealtad al rey, así que, si don Alfonso no lo quería en Castilla, el Cid no tenía más remedio que marcharse. Cuando salió de palacio, con la cabeza baja, no dejaba de preguntarse qué iba a ser de su mujer y de sus hijas. Ellas se quedarían en Castilla. Él no podría protegerlas. Por culpa de las calumnias, su familia iba a acabar partida en dos.

---

2 Las ***parias*** eran una cantidad de dinero anual que ciertos reinos musulmanes de la península ibérica pagaban a los reyes cristianos a cambio de que no los atacasen.

3 **prender**: detener, capturar.

La partida

Llorando sin consuelo como un niño: así partió Rodrigo hacia el destierro. Llevaba toda la vida guerreando, y en las batallas había recibido golpes atroces en el pecho y la espalda, la cabeza y las piernas, pero ninguno le había dolido tanto como le estaba doliendo este golpe en el alma. Era duro tener que recoger sus cosas, dejar atrás a la familia y abandonar para siempre el lugar en el que había nacido. Mientras su caballo avanzaba hacia Burgos, el Cid volvía la cabeza de continuo. Miraba su casa, quería verla una última vez, grabársela en los ojos para llevársela de algún modo consigo. La puerta y las ventanas quedaban abiertas: ¿para qué cerrarlas si adentro no quedaba nada? Jimena y las niñas llevaban ya varios días recogidas en el convento de San Pedro de Cardeña.[1] Allí vivirían en adelante, hasta que llegasen, si es que llegaban, tiempos mejores.

Sesenta caballeros decidieron marchar con el Cid. Lo esperaban a las afueras de Vivar, ya montados a caballo, con la rienda en la mano y las armas listas. El Cid había tratado de convencerlos para que se quedaran en Castilla. Ponerse de su lado era una locura, porque equivalía a enemistarse con el rey. Pero hay lealtades que, en vez de romperse, se hacen más fuertes en los ma-

1 El monasterio de San Pedro de Cardeña queda a unos 10 km de Burgos. El Cid histórico le tenía particular aprecio, hasta el punto de que, a su muerte, lo enterraron en el monasterio, si bien a día de hoy los restos del Campeador no reposan allí, sino en la catedral de Burgos.

los momentos, y el Cid había encontrado en su vida muchos hombres que cultivaban ese tipo de fidelidad. Nunca estaría solo. Tenía amigos dispuestos a seguirlo hasta el fin del mundo. Y eran, además, hombres valientes. Allí estaban, esperándolo en un recodo del camino. Formaban un mar de barbas y escudos en medio de la llanura. El Cid detuvo su caballo y miró a aquellos hombres con tristeza.

—Sabéis que no puedo pagaros, ¿verdad? —dijo.

Era toda una ironía: lo acusaban de haberse quedado con el dinero del rey, pero lo cierto era que no tenía con qué sostener a su mesnada.

—Lo sa... sa... sa... bemos.

El que hablaba era Pedro Bermúdez, el joven sobrino del Cid. No había en el mundo nadie más tímido. A Pedro Bermúdez todo le daba vergüenza. Por eso cuando había mucha gente delante tartamudeaba. Pero, aun así, quiso expresar en voz bien alta su lealtad.

—Si alguno desea retirarse —insistió el Cid—, está a tiempo. Que regrese a su casa con la paz de Dios.

Nadie se retiró.

—¡Sois nuestro señor —dijo Álvar Fáñez, hablando en nombre de todos—, y lo que quiere Dios es que os acompañemos!

Lo decía de todo corazón. Acompañar al Cid les parecía a la vez un deber de la conciencia y un placer de la amistad. Aquellos hombres querían al Cid por su honradez. Sabían que era inocente y que no se merecía el destierro. Y estaban dispuestos a todo con tal de ayudarle. Si había que morir, morirían. Porque, cuando se lucha por una causa noble, hasta la muerte se acepta de buena gana.

Puertas cerradas

La hueste llegó a Burgos a media tarde. Desde el primer momento, los hombres del Cid tuvieron la sensación de que la ciudad estaba cambiada. Reinaba un hondo silencio. No había nadie en las calles. Parecía como si un viento mortal hubiese barrido toda señal de vida. El Cid pretendía pasar la noche en Burgos, pero la posada donde solía albergarse se encontraba cerrada a cal y canto. Le pareció muy extraño. Era la primera vez que la veía así. Don Rodrigo golpeó la puerta varias veces para que le abrieran. Pero nadie respondió.

—Busquemos otro lugar donde dormir —dijo el Cid.

De repente, se abrió la puerta de una casa cercana. Una niña de nueve o diez años salió corriendo, descalza, con el pelo suelto y un gesto tristón. Don Rodrigo se fijó en sus ojos, de un verde radiante. La niña se plantó ante el Cid y dijo:

—No os molestéis, señor, en buscar otra posada. Nadie en Burgos os va a recibir.

Eran palabras duras. El Cid se sintió desconcertado.

—¿Y eso por qué? —preguntó.

—Porque el rey ha prometido que a quienquiera que os ayude le quitará la casa y le arrancará los ojos. Marchaos, por favor, pues no ganaréis nada con nuestra desgracia.

La niña no dijo nada más: se dio media vuelta y regresó a su casa. El Cid agachó la cabeza. Notó algo así como un crujido dentro del pecho. ¿De modo que don Alfonso había prometido arrancarle los ojos a quien le prestase ayuda? ¿Tan grande era su cólera? ¡A saber cuántas mentiras le habría contado el conde Ordóñez…! Lo mejor, en todo caso, era marcharse. El Cid no deseaba perjudicar a las gentes de Burgos.

—Vámonos —dijo—. Acamparemos a las afueras.

Estaba menos solo de lo que parecía. Porque los habitantes de la ciudad lo espiaban desde las ventanas sin dejarse ver. Al darse cuenta de que el Cid se marchaba, muchos se lamentaron. Dentro de sus casas, murmuraban con pena: «¡Pobre don Rodrigo! ¡Qué buen vasallo sería si tuviera un buen señor!».

Corrieron muchas lágrimas aquella tarde. El Cid no pudo verlas, pero corrieron.

Las riquezas del Cid

La tropa montó sus tiendas en el arenal del río. A pesar de las adversidades, los hombres del Cid estaban animados. Eran, a fin de cuentas, gente de guerra, acostumbrada a poner buena cara en los peores momentos. Además, tenían la esperanza de mejorar su vida. En aquel tiempo, batallar contra los moros era la forma más rápida de hacerse rico. Se podía morir degollado, por supuesto, o acabar con la tripas al aire, pero, si se sobrevivía, se prosperaba. Para ser felices del todo, a los hombres del Cid solo les faltaba una cosa: algo que comer. Parecía difícil encontrar pan y vino en aquellas soledades, pero, cuando menos lo esperaban, ocurrió el milagro. Un hombre alto y corpulento, de cabeza cuadrada y hombros anchos, apareció por el camino. Venía silbando al frente de una carreta. Cuando el Cid lo vio, se le iluminaron los ojos.

—¡Martín Antolínez —exclamó—, qué alegría veros!

Era un viejo amigo, que había luchado al lado del Campeador en todo tipo de combates, refriegas y asaltos. Antolínez saltó de la carreta al ver al Cid y le dio un abrazo de esos que cuesta olvidar, rebosante de cariño y buenos deseos. Martín Antolínez miró a la hueste que se calentaba en torno a la hoguera y la saludó diciendo:

—¡Pan y vino para todos!

Traía la carreta cargada de víveres. Los hombres del Cid lo ayudaron a descargar los dos odres de vino, las cincuenta hogazas de pan y los tarros de carne en salazón.[1] A la vista de aquel festín, se les olvidaron todas las penas y casi enloquecieron de alegría. Había comida suficiente para alimentar a todo un reino.

—¿Pero es que habéis perdido la cabeza? —dijo el Cid—. El rey ha amenazado con dejar sin casa y sin ojos a todo el que me ayude…

—Si el rey quiere mi casa, que se la quede —replicó Martín Antolínez—. Pero los ojos que no me los toque, o se arrepentirá. ¿Qué os pasa, don Rodrigo, es que no me queréis en vuestra mesnada?[2]

—Por supuesto que os quiero. Pero no os conviene venir conmigo. No le conviene a nadie.

Martín Antolínez fijó en el Cid sus ojos grandes, que parecían de ardilla. Su mirada sonrió a la vez que su boca.

—Pues yo creo que acompañaros es una idea excelente —dijo—. Os conozco, don Rodrigo, y sé lo que se acerca. Vais a haceros rico en tierra de moros, y quiero mi pellizco del botín.

El Cid sonrió. Llevaba dos semanas sin hacerlo.

—Mil gracias por los víveres[3] —dijo—. Me gustaría pagároslos, pero no tengo dinero… Y eso me angustia, don Martín.

—Si no tenéis dinero, pedidlo prestado —replicó Antolínez con buena lógica.

---

1 En la época, el vino se conservaba a menudo en un **odre**, es decir, en una piel de animal que se había cosido para que sirviera como recipiente. Una **hogaza** es un pan grande, que pesa aproximadamente un kilo. Por otro lado, en la época no existían medios para mantener la carne fresca durante mucho tiempo, por lo que dicho alimento se solía cubrir de sal o mantener sumergido en aceite para que no se echara a perder.

2 **mesnada**: tropa, ejército.

3 **víveres**: alimentos.

—Llevo días dándole vueltas a eso. Había pensado en hablar con Rachel y Vidas… ¿Los conocéis?

—¡Por supuesto! Pero no creo que a esos dos consigáis sacarles nada.

Rachel y Vidas eran los prestamistas más conocidos de Burgos.[4] Tenían más dinero que el rey. Y, sin embargo, no lo parecía. Porque eran tan tacaños que vivían como dos pordioseros. Su negocio resultaba de lo más sencillo: prestaban dinero a cambio de un interés.[5] Así que convertían el dinero en dinero. Multiplicaban las monedas como la primavera multiplica las flores.

—Sé que Rachel y Vidas —dijo el Cid— solo le prestan su dinero a quien puede dejarles algo valioso en prenda:[6] joyas, caballos, ropas lujosas…

—Son muy exigentes con eso. Y muy pesados.

—Había pensado en un plan —confesó el Cid bajando la voz—, pero no sé si es propio de un hombre honrado…

—Contádmelo y yo os lo diré.

—Pensaba dejarles en prenda todas mis riquezas.

Martín Antolínez se quedó pasmado. Sus ojos de ardilla se abrieron de par en par.

—¿Riquezas? —exclamó—, ¿qué riquezas? ¡Pensaba que habíais salido de Vivar con una mano delante y otra detrás![7]

---

4 Tanto Rachel como Vidas son nombres de hombre.

5 **interés**: 'cantidad de dinero que uno paga a cambio de un préstamo'. Si alguien pide 100 marcos prestados y le exigen que devuelva 120, los 20 marcos que paga de más son el interés cobrado por el prestamista.

6 **prenda**: 'objeto de valor que uno le entrega a un prestamista como garantía de que devolverá el préstamo'. Si el que pide el préstamo no lo devuelve, el prestamista se queda con la prenda.

7 Es decir, 'sin nada'.

—Así es —admitió el Cid—, pero supongo que Rachel y Vidas no están al corriente...

Martín Antolínez arqueó una ceja. Había empezado a entrever lo que don Rodrigo tenía en mente... Cuando el Cid le contó su plan, lo celebró con una gran risotada.

—¿Os parece... buena idea? —preguntó el Campeador, titubeando.

—Me parece una idea estupenda. El rey os ha puesto en una situación de extrema necesidad, y los momentos desesperados exigen medidas desesperadas. Además, ya sabéis lo que se dice: «El que roba a un ladrón tiene cien años de perdón».

Habría que acogerse a eso, pensó el Campeador. Cuando la vida aprieta, no hay más remedio que embarrarse un poco.

—¡Ahora mismo me vuelvo a Burgos para verme con Rachel y Vidas! —dijo Martín Antolínez.

—¿Ahora? —exclamó el Cid—. Pero ¡si es de noche...!

—Esos dos no duermen nunca. Y, si por casualidad ya están acostados, en cuanto huelan que pueden hacer negocio, dejarán la cama de un salto. Adoran el dinero, ya lo sabéis.

Martín Antolínez subió a su carro y se fue para Burgos. Se alejó silbando a la luz de la luna. Por el camino, no dejaba de pensar en lo que había ideado el Cid. Y, cada vez que repasaba su plan, se le escapaba una carcajada.

Dos arcas llenas de oro

Era de noche. En su modesta casa, Rachel y Vidas se preparaban para disfrutar del mejor momento del día. Ya se habían puesto sus viejos camisones remendados, ya habían picoteado su sencillísima cena, ya habían encendido la humilde vela con la que iluminaban la mesa del salón, ya habían atrancado la puerta para asegurarse de que no entrasen ladrones, y ahora, por fin, se disponían a contar las ganancias de la jornada. Cada mañana, Rachel y Vidas montaban su puestecito al lado del mercado. Prestaban dinero y cobraban por prestarlo. Luego, en la noche, al volver a casa, desparramaban las monedas sobre la mesa y las contaban a conciencia. No había un placer mayor en el mundo que sentir en la mano el tacto del dinero.

—Aquí hay cincuenta marcos —dijo Rachel, colocando cuidadosamente la última pieza de oro sobre una alta columna de monedas.

—Y aquí otros cincuenta —dijo Vidas, empujando con un dedo una segunda columna.

Los dos se miraron, felices.

Toc, toc, toc, se oyó de pronto: alguien había golpeado la puerta de la calle. Rachel y Vidas pusieron cara de terror. ¿Quién llamaba a esas horas? ¡Era casi medianoche! Pensaron de inmediato en los ladrones y recogieron el dinero a toda prisa. Estaban aterrados. Ni la mismísima Muerte habría conseguido asustarlos así. Rachel y Vidas guardaron todas las monedas en una bolsa de cuero y escondieron la bolsa bajo el colchón de la cama.

Toc, toc, toc, volvió a oírse.

Rachel asomó la cabeza por una ventana y miró hacia la calle.

Vidas asomó la cabeza por otra ventana, que quedaba algo más baja, y miró hacia la calle.

Los dos vieron a un hombre fuerte, de cabeza cuadrada, de ojos grandes, que les sonreía con un aire cómplice.

—Soy Martín Antolínez —dijo—. Vengo de parte del Cid. Don Rodrigo quiere proponeros un negocio.

Los dos socios se miraron con sus ojos saltones abiertos de par en par. Se les notaba entusiasmados. No hacía falta que ninguno de los dos dijera una sola palabra para saber lo que estaba pensando el otro: había que abrir la puerta inmediatamente. Si el Cid quería hacer negocios, había que abrir. Desde luego que había que abrir. Porque don Rodrigo era rico, todo el mundo lo sabía. Se había hecho de oro robándole al rey, y por eso tenía que abandonar Castilla. Lo echaban por ladrón y no por otra cosa. Seguro que sus arcas estaban llenas a rebosar. Rachel y Vidas, pues, bajaron a toda prisa la escalera de la casa y abrieron de un tirón la puerta de la calle. Martín Antolínez se acercó.

—Pasad, por favor —dijo Rachel con voz dulce.

—Por favor, pasad —dijo Vidas con voz coquetona.

Ninguno de los dos pestañeaba.

Martín Antolínez entró en el salón y se sentó. La casa era oscurísima. Parecía la mazmorra de un cuento. Vidas se sentó a la derecha de don Martín, y Rachel a la izquierda. Los dos estaban tan ansiosos de oírle que le plantaron las narices a un palmo de la cara. Don Martín se retiró un poco para poder respirar.

—He venido a proponeros un negocio en nombre del Campeador —dijo entonces—. Claro que, antes de entrar en tratos, debéis prometerme que no le contaréis a nadie ni una palabra de lo que vamos a hablar…

Rachel y Vidas asintieron con la cabeza, los dos al mismo tiempo. Lo hicieron con tanta contundencia que la vela que los iluminaba estuvo a punto de apagarse.

—No abriremos la boca ni aunque nos torturen —dijo Rachel.

—Ni aunque nos torturen abriremos la boca —insistió Vidas.

Viéndolos tan complacientes, don Martín comenzó a decir:

—Ya sabéis que el Cid debe partir al destierro porque cometió un error al quedarse con algo que no era suyo. Hizo mal, desde luego, pero hay que entenderlo: tiene muchos soldados a su cargo… El caso es que ahora es dueño de dos arcas llenas de oro, pero pesan demasiado como para llevárselas consigo al destierro. Lo que le hace falta es dinero contante y sonante, así que quiere pediros un préstamo de seiscientos marcos…

—¿Seiscientos marcos? —gritaron a la vez Rachel y Vidas: era demasiado dinero.

—Sí, seiscientos, pero pensad que el Cid os dejará en garantía sus dos arcas llenas de oro. Habría que ser idiota para no aceptar un negocio así.

—Sí, habría que ser idiota —asintió Rachel.

—Idiota del todo —confirmó Vidas.

—El propósito del Cid —dijo Antolínez— es que guardéis las arcas durante un año, no más. En un año, don Rodrigo habrá reunido un capital suficiente para devolveros el dinero prestado más el interés que le pidáis.

Rachel y Vidas se miraron. Los dos estaban pensando lo mismo: que el negocio sonaba muy bien. Pero Vidas puso una pega.

—¿Y si el Cid no regresa? —quiso saber.

La respuesta era tan obvia que Rachel se indignó.

—¡No seas imbécil, Vidas! —dijo—. ¡Si el Cid no regresa, abriremos las arcas y nos quedaremos con el oro!

Don Martín asintió con la cabeza. Los dos prestamistas irradiaban felicidad. Estaban a punto de hacer el negocio del siglo. Seiscientos marcos era mucho dinero, desde luego, pero dos arcas llenas de oro valían por lo menos veinte veces más. Siempre cabía la posibilidad de que los moros despellejaran al Cid en el campo de batalla, y, en tal caso, Rachel y Vidas podrían quedarse con el oro. Era un negocio redondo.

—¿Dónde están las arcas? —dijo Rachel.

—Eso, ¿dónde están las arcas? —repitió Vidas.

—En el campamento del Cid. Venid conmigo y las tendréis.

El negocio entrañaba algún riesgo, pues el rey había jurado que le sacaría los ojos a quien ayudara al Cid. Pero a Rachel y Vidas el perfume del dinero les resultaba irresistible. Así que se quitaron sus camisones mugrientos, se pusieron a todo correr sus calzas remendadas y sus camisas viejas y se fueron con don Martín. Cuando llegaron al campamento, se arrodillaron ante el Cid y le besaron las manos más de cien veces.

—¡Qué alegría poderos ayudar! —dijo Rachel.

—¡Eso, qué alegría! —insistió Vidas.

El Campeador les mostró las dos arcas. Al verlas, Rachel y Vidas se estremecieron de felicidad. Porque eran enormes: en cada una cabía un hombre, o dos, si eran hombres chiquitos. Las arcas estaban forradas con cuero y cerradas con candados.

—Aquí están las arcas —dijo el Cid—. Os las dejo en garantía.

Rachel y Vidas sacaron el bolso en el que llevaban los seiscientos marcos. Habrían querido contarlos de nuevo, pieza a pieza, pero preferían no pasar demasiado tiempo con el Cid. Entonces, los hombres de don Rodrigo subieron las arcas a la carreta de Martín Antolínez. Rachel y Vidas comprobaron que pesaban lo suyo, y esa comprobación multiplicó su alegría. Luego, besaron de nuevo las manos del Cid, se subieron a la carreta de Martín Antolínez y se fueron con él hacia Burgos.

Cuando Martín Antolínez regresó al campamento, ya de vuelta de la ciudad, notó que el Cid estaba intranquilo.

—No sé si he hecho bien… —dijo.

—Por supuesto que sí —replicó don Martín, mondándose de la risa—. Ese par de mentecatos viven de engañar a la gente. Está bien que, por una vez, alguien les haga probar su propia medicina.

—Pero ¿qué pasará si no he vuelto en un año? Rachel y Vidas abrirán las arcas y descubrirán la verdad…

—¿En serio creéis que van a aguantar un año sin husmear? Seguro que a estas horas ya han reventado los candados de las arcas.

—Entonces habrán visto que están llenas de arena…

—¡Claro que lo habrán visto! —se rio don Martín—, pero no van a venir a buscarnos, y menos en plena noche. Son demasiado cobardes para eso. Aparecerán por aquí mañana por la mañana. Y, entonces, que nos busquen.

Al amanecer, la hueste apagó el fuego y se puso en camino. El Cid parecía algo más sereno. Ahora llevaba consigo dinero contante y sonante. Ahora podría alimentar a sus hombres.

Cardeña

Amanecía. Cantaron los gallos. Doña Jimena abrió los ojos en su cama. Al principio, le costó situarse. Aquellas paredes que la rodeaban no le eran familiares. Tardó un segundo en recordar que ahora vivía en un convento con sus hijas.

Afuera, en la calle, sonaron tres golpes: toc, toc, toc. Jimena oyó unos pies rápidos que bajaban por una escalera. Luego, alguien desatrancó el portón de la calle. Sonó la voz del abad, alegre y sorprendida al mismo tiempo:

—¡Don Rodrigo!

Jimena saltó de la cama, se vistió a toda prisa, se cubrió el pelo y salió de su celda. Bajó las escaleras, recorrió el claustro, dobló una esquina y luego otra y alcanzó por fin el pasillo que llevaba al portón. Entonces, al mirar hacia la calle, vio a su marido. Sus ojos se veían pesarosos sobre la oscura barba, pero centellearon de pronto, con un brillo de pura emoción, cuando descubrieron a Jimena. Los dos se abrazaron, y lloraron juntos. El Cid llenó la cara de su esposa de besos y caricias. Le dolía verla así, tan apenada. La tristeza había afinado sus pómulos. Sus ojos habían perdido el ímpetu y la alegría.

—¿Y las niñas? —preguntó el Cid.

Elvira y Sol aparecieron casi al instante. El abad había ido a avisarlas de que su padre acababa de llegar. Las dos niñas bajaron las escaleras a todo correr y, cuando vieron a su padre, se volvieron locas de alegría. Rodrigo se agachó para recibirlas entre sus brazos, y las estrechó con tanta fuerza como si quisiera encerrarlas dentro de su corazón. Los cuatro lloraron. Hasta al abad le resbaló una lágrima por cada mejilla.

—¿Os vais? —dijo Sol.

—Tengo que irme, sí —respondió el Cid.

—¿Y volveréis pronto? —preguntó Elvira.

—Muy pronto, si Dios quiere.

El Cid se sacó una bolsa de cuero que llevaba guardada bajo la camisa. Se acercó al abad y le dijo en voz baja:

—Os he traído cien marcos para el sostenimiento de mi familia… Siento no poder dejaros más.

—¡No tenéis que dejar nada! —protestó el abad. Era un hombre bajito y grueso. Hablaba deprisa y tenía mucho carácter—. ¿Acaso creéis que los monjes de San Pedro de Cardeña no podemos alimentar a nuestros huéspedes? ¡Nuestras gallinas ponen huevos sin parar y criamos unas coles que da gusto verlas! Venid, que os enseñaré el huerto.

—No hace falta, don Ramiro. Sé que podéis sostener a mi familia, pero una cosa no quita la otra. Aceptad el dinero, por favor. Y, si se agota, llevad la cuenta de lo que empleáis en alimentar a mi familia, pues, por cada moneda que gastéis, os devolveré cuatro. Palabra de honor.

El Cid volvió a mirar a Jimena y a sus hijas. Las tres estaban alegres y tristes a la vez. Las alegraba el reencuentro, las apenaba la obligación de decirse adiós. Lo peor del destierro era aquella despedida. El Cid no sabía si volvería a ver a su familia. Solo Dios lo sabía, pero Dios estaba en silencio, como siempre. Así que el futuro era un libro cerrado.

—¡Malditos sean los envidiosos que te han hecho esto! —dijo Jimena mirando fijamente a su marido.

Fue una despedida amarga. Cuando abrazó a sus hijas, el Cid notó en el pecho el mismo dolor feroz que siente uno cuando la uña se separa de la carne.

Salió del convento. Afuera, el cielo estaba nublado. Adentro, en el alma del Cid, acababa de empezar una noche oscura.

La esperanza

El Cid y sus hombres se alejaban del convento. Vivar ya quedaba muy atrás, y Burgos también. La frontera cada vez estaba más cerca. Pronto saldrían de Castilla. Pronto estarían en tierra de nadie. Pronto comenzarían a lidiar contra los moros.

Empezó a llover. El sendero se llenó de barro. Uno de los soldados canturreaba por lo bajo para hacerse el viaje más llevadero. En una vuelta del camino, apareció un grupo de soldados. Debían de ser unos cincuenta caballeros y unos cien hombres de a pie.

—¡Alegraos, Campeador! —dijo Álvar Fáñez—. ¡Esos hombres vienen a unirse a vuestra mesnada!

Así era. Habían llegado desde los rincones más alejados de Castilla para acompañar al Cid en su destierro. Don Rodrigo se emocionó al verlos con sus escudos y sus estandartes, sus lanzas y sus espadas. Eran gente de guerra, no había duda. Tenían la piel curtida por la intemperie y había cicatrices en las caras de casi todos. Podían quedarse en Castilla, al servicio del rey, pero habían decidido unirse a un desterrado. Muchos no habían visto jamás al Campeador, pero habían oído decir que era invencible, y querían prosperar al calor de su leyenda. Con un caudillo como el Cid, llegarían lejos. Los esperaban el botín y la gloria. Con gratitud, con cariño, casi con ternura, el Cid fue posando su mirada en cada una de las caras y al fin dijo:

—Sois mi esperanza.

Castejón

El Cid salió de Castilla con una tropa de seiscientos hombres. No eran muchos, pero bastaban para hacer daño. Al otro lado de la frontera se erguía la sierra, con sus cimas nevadas y sus ásperos riscos. Durante horas, el Cid y sus hombres atravesaron bosques y bordearon laderas. Iban callados: cuando la tropa avanza, hay ratos en que se canta, ratos en que se conversa y ratos en que cada uno se dedica a pensar en sus cosas. Al fin, a media tarde, asomó en el horizonte el valle del río Henares, con sus orillas salpicadas de fortalezas moras. El Cid examinó el panorama: aquellas villas iban a ser su sustento. Habría que pelearlas, pero prometían. La más cercana, si no se equivocaba, era Castejón.

—Detengámonos —dijo.

Tenía un plan, y el primer paso consistía en recogerse entre los árboles: había que evitar que los de Castejón los vieran, porque se trataba de pillarlos por sorpresa. El Cid y sus hombres bajaron, pues, de los caballos y se emboscaron. Durante horas, no hicieron nada. Ni se movían, pues había que evitar que el sol se reflejara en un escudo o en el estribo de un caballo y los delatase. Cuando llegó por fin la noche, el Cid dijo:

—Es hora de seguir.

La luna los ayudó. Estaba en cuarto menguante, así que daba luz suficiente para iluminar el camino, pero no tanta como para dejarlos al descubierto. Hacía frío. Se oían lobos. Ya de madrugada, el Cid y sus hombres quedaron a poco más de una legua de Castejón. Entonces, volvieron a ocultarse. Ahora tocaba esperar a que se hiciese de día.

Amaneció, y las puertas de Castejón se abrieron. Un sol rojizo doró las copas de los árboles, y entonces comenzó a salir de la villa un largo desfile de campesinos y pastores. Unos llevaban azadas, otros empujaban carretillas, todos iban a trabajar. Castejón debió de quedar casi despoblado. El Cid sonrió, porque vio que nadie tomaba la precaución de cerrar las puertas de la villa. En Castejón llevaban muchos años sin sufrir ataque alguno, así que habían perdido el miedo. El Cid, pues, tenía la suerte de cara. Desde su escondrijo, le dijo a su tropa:

—¡Es hora de atacar!

Sus hombres empuñaron las lanzas y picaron a los caballos con las espuelas. La cabalgada fue tan rápida como un rayo. Los centinelas de Castejón reaccionaron tarde. Cuando se dieron cuenta de la tropa que se les venía encima, solo tuvieron tiempo de gritar:

—¡Que Alá nos guarde!

Los guerreros del Cid entraron en Castejón como un torrente imparable. Los guardianes que intentaron detenerlos fueron arrollados por los caballos.

—¡La villa es nuestra! —anunció el Campeador.

Acababa de obtener la primera victoria de su destierro.

Un lugar donde vivir

A mediodía, el Cid paseaba por Castejón a lomos de su caballo. Las calles tenían un aire fantasmal. A excepción de unos pocos niños, algún anciano y media docena de centinelas, todos los habitantes habían salido de la villa al alba. Don Rodrigo tiró de las riendas. El caballo se detuvo y soltó un relincho. El Cid le dio una palmadita en el cuello para que se calmase.

—Mi Babieca... —susurró en el oído del animal.

Babieca era sin duda el mejor caballo que había tenido nunca. Se mostraba tranquilo cuando correspondía, pero su boca espumeaba en la hora del combate, tal era el brío con que se movía entre las lanzas y las espadas. Por eso mismo, al Cid le disgustaba el nombre de su caballo. *Babieca* quería decir 'el bobo'. El nombre, claro, no se lo había puesto don Rodrigo, sino el abad que había criado al caballo. Lo había llamado así porque, al ver al animal por primera vez, le había dado la impresión de que el caballo andaba distraído, medio lelo, poco pendiente de las cosas que lo rodeaban. El abad se había equivocado a lo grande, desde luego, pero ya era tarde para cambiarle el nombre a Babieca. Ahora tenía que cargar con él, como cargan los hombres con sus penas.

Álvar Fáñez se acercó al Cid y le dijo:

—¡Ya tenéis un lugar donde vivir! Podéis traeros a vuestra esposa a Castejón y fundar aquí vuestra nueva casa...

El Cid negó con la cabeza.

—Estamos demasiado cerca de Castilla —respondió—. Don Alfonso queda a un tiro de piedra. Si se enfada, nos enviará a un ejército para hacernos trizas. Es mejor alejarse un poco, Minaya.

Minaya, 'mi hermano': así llamaba el Cid a Álvar Fáñez. Era su mejor guerrero, el más atento, el más sabio, el más confiable. El Cid lo quería como se quiere a un hermano.

—Entonces, ¿nos vamos a marchar de aquí sin más? —preguntó el buen Minaya.

—¿Quién ha dicho eso? De Castejón no saldremos con las manos vacías.

—Eso quiere decir que tenéis un plan…

Por supuesto que el Cid tenía un plan. Era como los buenos jugadores de ajedrez, que, antes de levantar una pieza del tablero, ya han previsto las dos o tres jugadas siguientes. Su plan, en aquel momento, consistía en pedir un rescate por Castejón.

—Cerca de aquí —dijo— quedan las villas de Hita y Guadalajara. Los moros de allí tienen mucho dinero, y hay que aprovecharlo. Les pediremos tres mil marcos de plata a cambio de Castejón. ¿Te parece un buen precio?

Álvar Fáñez sonrió de oreja a oreja.

—Me parece estupendo —dijo—. Pero ¿y si no quieren pagar?

—Pagarán, Minaya, pagarán. ¿Crees que van a arriesgarse a sufrir la misma suerte que Castejón?

El Cid acertó. Porque los moros, en efecto, pagaron. Lo hicieron por miedo y no por gusto, pero lo hicieron. Así que, cuando don Rodrigo abandonó Castejón, se le veía de lo más alegre: había hecho un negocio redondo.

Alcocer

La venta de Castejón fue todo un golpe de efecto. Animados por aquel éxito inicial, los hombres de don Rodrigo saquearon varias villas del valle del Henares, de las que volvieron con un rico botín.[1] La bandera del Cid se paseó hasta Alcalá, con lo que la mesnada pasó de la miseria a la abundancia en pocos días. En verdad, aquella prosperidad repentina no era rara en la España de la época. Los cristianos que tenían arrestos[2] suficientes para meterse en tierra de moros se hacían ricos de la noche a la mañana. Podían morir en el intento, desde luego. Pero, si no morían, se hacían ricos.

Por norte y sur, levante y poniente, cundió el rumor de que el Cid se estaba haciendo de oro. Sumarse a su mesnada parecía una opción inteligente. La espada del Cid era algo así como un imán que atraía la riqueza, de modo que decenas de guerreros, unos veteranos y otros muy jóvenes, salieron de Castilla para integrarse en la tropa de don Rodrigo. Se iban detrás de un desterrado, de un hombre sin rey que lo había perdido todo. Pero se iban contentos. La leyenda del Cid los hechizaba. Y, hechizados por la leyenda, se olvidaban del peligro de la guerra y del miedo a la muerte.

---

1 El río Henares discurre por las actuales provincias de Guadalajara y Madrid, donde se levantan las villas de Castejón de Henares, Alcalá de Henares y Alcocer entre otras.

2 **arrestos**: coraje, valor.

Una tarde, don Rodrigo fijó sus ojos en una ciudad de recios muros que se alzaba sobre un altozano.[3]

—Alcocer —dijo.

—¿Os interesa? —preguntó Álvar Fáñez.

—¿Creéis que es una villa rica?

—Riquísima.

—Entonces me interesa.

Lo dijo sin alterarse, pues así hablaba siempre, con la determinación de quien, en vez de anunciar propósitos, describe un futuro que ya está escrito. Su primera intención fue repetir la estrategia que había usado para tomar Castejón, pero no fue posible, porque los moros de la zona del Henares ya estaban alerta y vigilaban a conciencia las puertas de sus villas. Así que se inclinó por un método de conquista que exigía más paciencia: puso sitio a Alcocer. Rodeó la ciudad, plantó un campamento delante de sus muros y bloqueó los caminos para que no pudieran entrar alimentos en la villa. El Cid pensó que Alcocer se rendiría en quince días, pero pasaron cuatro meses sin que se entregara. Los hombres del Campeador empezaron a desanimarse. Eran gente de guerra y la paz los aburría. Se pasaban el día sentados a la puerta de sus tiendas de campaña, royendo pan duro, oyendo el cricrí de los grillos, adormeciéndose con el murmullo del viento, y echaban de menos la actividad de la guerra. Les apetecía repartir tajos y segar cuellos, mancharse de sangre, reírse de la muerte. El Cid, consciente de que el tiempo jugaba en su contra, tomó una determinación. Una madrugada, despertó a sus hombres en mitad del sueño.

—¡Apagad las hogueras! —les dijo—. ¡Recoged el campamento! ¡Desmantelad las tiendas!

3 **altozano**: monte de pequeña altura situado en terreno llano.

—¿Nos vamos? —preguntó el buen Minaya.

—Eso parece, ¿no? —respondió el Cid con tono intrigante.

En menos de una hora, el campamento quedó desmantelado. Minaya estaba desmontando su tienda cuando el Cid le dijo:

—La tuya déjala en pie.

En la muralla de Alcocer, el jefe de la guardia vio cómo los hombres del Cid deshacían el campamento y se marchaban a caballo. Solo habían dejado una tienda en pie, una tienda solitaria que el viento batía. Desde la torre más alta de Alcocer, el jefe de la guardia empezó a gritar:

—¡Los del Cid se van! ¡Se han rendido! ¡Seguro que se han enterado de que hemos pedido ayuda a los de Ateca y les ha entrado el miedo! ¿Por qué tendrá tanta fama de valiente? ¡Pero si huye como una liebre…! ¡Se ha marchado tan deprisa que hasta se ha dejado una tienda en pie!

La huida del Cid, en efecto, parecía precipitada. Pero ni era precipitada ni era huida. Todo estaba planeado a conciencia. El Cid esperaba que los moros salieran de Alcocer para perseguirlo, y eso es lo que hicieron. Al ver que todo marchaba de acuerdo con lo esperado, el Campeador se detuvo de pronto. Entonces, les gritó a sus hombres:

—¡Volved grupas![4] ¡Es hora de tomar Alcocer!

Las puertas de la villa estaban abiertas. Cuando los moros de Alcocer se dieron cuenta de que habían caído en una trampa, ya era demasiado tarde. Al mediodía, la bandera cristiana ondeaba orgullosa en el torreón más alto de Alcocer.

---

4 **volver grupas**: dar media vuelta cuando uno va a caballo.

Tamín se enfada

El rey Tamín de Valencia estaba acabando de almorzar en el jardín más fresco de su palacio. El faisán le había encantado, por el sabor dulzón que le daban los dátiles. Ahora, acabada la carne, Tamín se dedicaba a mondar los huesos con los dientes. A pesar de su turbante dorado y sus carísimos collares, a pesar de su túnica ribeteada con hilos de oro, a pesar de haber sido educado por los mejores preceptores y de dominar los secretos de la caligrafía y de la geometría, de la poesía y de la música, el rey Tamín, cuando comía, se volvía un hombre rudo. Mordisqueaba con ansias, como si no hubiera comido en diez años, y se relamía los labios sin ningún pudor. La grasa le chorreaba por las manos y formaba perlas chiquitas en la negrura de su barba.

De pronto alguien entró en el jardín. Era el secretario del rey, un hombre bajito que parecía cansado a todas horas. Venía caminando a paso rápido, aunque sin correr. Cuando llegó ante la mesa del rey, hizo una reverencia y dijo:

—Majestad, os han enviado una carta desde Calatayud.

El rey meneó en el aire sus manos llenas de grasa para que su secretario pudiese ver en qué estado estaban.

—Ahora no puedo abrirla —dijo—. Léemela tú.

El secretario abrió la carta y la leyó en voz alta. Eran malas noticias. Los de Calatayud escribían para pedir ayuda al rey Tamín. Estaban viviendo un momento dramático. Un tal Rodri-

go de Vivar, al que llamaban *el Cid*, se estaba haciendo con todas las villas del valle del río Jalón. Temían que Calatayud fuera la siguiente en caer. Había que evitarlo como fuese. Necesitaban ayuda, y la necesitaban con urgencia.

Cuando acabó de oír la carta, Tamín había perdido la sonrisa. Hasta parecía que la comida le hubiese sentado mal. De pronto, dio un fuerte puñetazo en la mesa. Los huesos mondos del faisán saltaron como acróbatas, dieron una vuelta completa en el aire y volvieron al plato.

—¿*El Cid*? —rugió—. ¿Quién es *el Cid*? ¡Malditos cristianos! ¡Cuando llegamos a estas tierras hace cuatrocientos años, ni siquiera sabían lo que era una noria! Se lo hemos enseñado todo y ¿cómo nos lo agradecen? ¡Maltratándonos! ¡Pues que se preparen! Si ese Rodrigo quiere guerra, tendrá guerra. ¡Que Fáriz y Galve preparen un ejército y pongan sitio a Alcocer! ¡Quiero que vuelvan con la cabeza de ese maldito *Cid* clavada en la punta de una lanza! ¡Es una orden! ¿Me estás oyendo? ¡Te digo que es una orden!

El sitio de Alcocer

—¡Soldados a la vista! —gritó uno de los vigías de Alcocer.

El Cid subió al torreón y miró hacia la lejanía. En medio de la llanura, se veían soldados, en efecto, y eran moros. Distinguió los rostros morenos, las lorigas[1] relucientes, los alfanjes[2] colgados del cinto. Debían de ser unos cuatro mil. Rodearon Alcocer en menos de una hora.

—¡Salgamos a luchar! —dijo Álvar Fáñez.

El Cid se quedó pensativo.

—Es mejor no precipitarse —respondió—. Esos moros nos doblan en número.

Alcocer, pues, quedó sitiada. Nadie podía entrar ni salir de la ciudad. Durante la primera semana, los del Cid aún tenían víveres, y se mostraron animados, pero las cosas se torcieron cuando los moros desviaron el curso del río que surtía a la villa. Entonces Alcocer se quedó sin agua. El Campeador reunió a sus hombres y les habló con claridad. La situación era difícil. Sin agua, no podrían sobrevivir más que unos pocos días. Permanecer dentro de la muralla era condenarse a una muerte segura... Pero salir a luchar también tenía sus riesgos... No les iba a ser fácil imponerse a un ejército de cuatro mil hombres.

---

1 **loriga**: armadura hecha de pequeñas láminas metálicas con la que el guerrero se protegía el cuerpo.

2 **alfanje**: espada de hoja ancha y curva que solo tiene filo en un lado y que trajeron a tierras hispánicas los musulmanes.

—Decidme, caballeros, ¿qué preferís? —preguntó.

Álvar Fáñez respondió tan deprisa como si las palabras le estuviesen quemando en la boca.

—¡Combatir! —gritó—. ¡Hay que combatir!

El resto de los soldados contestaron como si fueran un solo hombre o como si compartieran una misma alma.

—¡Luchemos! —dijeron a la vez.

La batalla de Alcocer

Los soldados del Cid se habían concentrado frente a la puerta principal de Alcocer. Llegaba el momento decisivo, ese en que mandan las armas. De lo que pasara en el campo de batalla dependería que don Rodrigo conservara Alcocer o lo perdiese, que sus hombres se enriquecieran un poco más o mordieran el polvo, que la leyenda del Cid siguiera creciendo o muriera para siempre, relegada en el olvido.

Sonó el cuerno de guerra. El portalón de la villa empezó a abrirse. Pedro Bermúdez, con la bandera en alto, salió disparado al encuentro del enemigo. Si tenía miedo, no se le notaba. En las conversaciones de todos los días, Bermúdez solía tartamudear por culpa de la timidez. Pero, cuando salió de Alcocer al galope, su voz no tropezó con ninguna palabra.

—¡A la victoria por el Cid! —gritó enérgicamente.

En manos de Bermúdez, la bandera se abrió paso a toda velocidad por entre un mar de turbantes y yelmos puntiagudos. Los moros se lanzaron sobre el alférez. Deseaban abatirlo fuese como fuese. Arrancarle la bandera al enemigo era un golpe de efecto que a menudo decidía la suerte de un combate. Si los cristianos perdían su bandera, su moral se hundiría, de modo que había que empezar por ahí. Pero Bermúdez era demasiado rápido para dejarse prender. Su caballo corría como una llamarada. Su bandera avanzaba y avanzaba con el ímpetu furioso de un alud.

A la zaga del alférez, los otros hombres del Cid salieron en tromba a luchar. Estaban en minoría, pero rebosaban ánimos. Martín Antolínez logró acorralar al general Galve, que destacaba entre sus guerreros por su yelmo coronado con un espléndido rubí. Antolínez y Galve se enfrentaron cara a cara. La espada del cristiano alcanzó de refilón el casco de Galve, y el rubí del yelmo salió volando, cayó al suelo y se hundió en la tierra. Galve se tambaleó. Con los dientes apretados y la lanza baja, buscó el cuerpo de Antolínez. Arremetió con ganas, pero el cristiano se apartó a tiempo. Antolínez contraatacó enseguida. Apretando fuertemente las piernas contra los flancos de su caballo, se irguió en la silla y descargó un golpe brutal sobre la cabeza de Galve, esta vez con el filo de la espada hendiendo[1] de arriba abajo. El acero se coló en el casco con la facilidad con que un cuchillo penetra en el agua. El yelmo de Galve se partió en dos y el moro sintió que la punta de la espada le abría la mejilla. Cuando se palpó la cara, su guantelete[2] quedó empapado en sangre. De pronto, Galve comprendió que la muerte estaba muy cerca, oliéndole los talones, husmeándole la nuca. Miró al cielo y le rogó a su dios que tuviese piedad. Y Alá debió de aconsejarle que se pusiera en fuga, porque Galve espoleó a su caballo y desapareció a todo galope. Nadie más volvió a verlo en la batalla.

El caso de Fáriz fue parecido. El Cid no necesitó más que tres lanzazos para dejarlo fuera de combate. El tercero topó de lleno contra el pecho del moro, y el impacto fue tan fuerte que el propio Cid sintió un profundo dolor en el brazo: fue como si acabasen de desencajarle el hombro. La loriga de Fáriz se abrió de

1 **hendir**: cortar, rajar.

2 **guantelete**: guante de metal con que el guerrero se protege la mano.

golpe, como una fruta demasiado madura, y una explosión de sangre le salpicó el rostro. Fáriz soltó un gemido y su mirada se nubló. Fue como si un terror instantáneo se apoderara de golpe de su cuerpo, así que, un segundo después, espoleó a su caballo y se dio a la fuga. El animal, más que correr, volaba. Las pisadas de sus cascos eran tan contundentes que la tierra retumbó.

Tras la fuga de los dos generales, el ejército moro quedó descabezado. Sin estrategia que seguir ni órdenes que obedecer, cada soldado se dedicó a buscar su propia salvación. Ya no se trataba de ganar la batalla, sino de escapar vivo. Los cristianos aprovecharon el caos para imponerse. Derribaron caballos, segaron cuellos, atravesaron escudos, destriparon hombres. Al atardecer, miles de cuerpos alfombraban la llanura. Eran guerreros de Fáriz y Galve, convertidos ya en simple materia sin alma. Muy pronto iban a servir de alimento a los gusanos.

—¡Alcocer es nuestro y solo nuestro! —gritaron los hombres del Cid.

Además de alegrías, la batalla dejó un botín espléndido. Los soldados de don Rodrigo no solo se apropiaron de miles de caballos y armas, sino que encontraron en el campamento de Fáriz y Galve una docena de arcas llenas de oro. Cuando las abrieron, quedaron impresionados. Debían servir para pagar la soldada de los moros, pero acabaron en las manos felices de los cristianos.

—Buena victoria, señor —dijo Álvar Fáñez, acercándose al Cid.

El Campeador lo miró con su afecto de siempre. Había conocido pocos guerreros más fieros que su querido Minaya, y ninguno tan fiel. Se notaba que, aquel día, Álvar Fáñez se había entregado a fondo: llevaba el brazo ensangrentado hasta el codo y todavía jadeaba. Justo debajo del pecho, un espadazo moro le había abierto una brecha en la cota de malla.[3]

—Habéis luchado como leones—respondió el Cid.

Sus ojos estaban perdidos en la lejanía. Minaya conocía aquella mirada: significaba que don Rodrigo estaba tramando algo. El Cid era tan transparente que su cuerpo reflejaba al instante lo que estaba pasando por su alma.

—Don Alfonso debería estar al corriente de lo que acaba de suceder, ¿no te parece? —dijo de pronto.

No hizo falta que añadiera nada más, pues Álvar Fáñez era astuto y comprendió de inmediato lo que el Cid tenía en mente. Iba a ser la misión más peligrosa de su vida, pero tendría que emprenderla, no había más remedio. Se lo debía a don Rodrigo. Y, además, le apetecía verlo feliz.

---

3 **cota de malla**: armadura hecha con pequeños anillos metálicos entrelazados que cubre el pecho, los brazos y la espalda del guerrero, y a veces también las piernas.

Demasiado pronto

Burgos estaba a la vista, por fin. Álvar Fánez llevaba diez días de viaje, diez días cabalgando con frío y con calor, diez días durmiendo a la intemperie, comiendo mal, soñando con Burgos. Pensaba que, cuando la ciudad apareciera por fin en el horizonte, se sentiría alegre, pero lo que notó fue un pellizco de angustia en el estómago. No podía ser de otro modo, porque llegaba la parte más peligrosa de su misión. El rey había amenazado con arrancarle los ojos, e incluso con quitarle la vida, a quienquiera que prestase ayuda al Cid. Y Minaya Álvar Fáñez formaba parte de la mesnada del Campeador. Es más: ahora estaba a punto de presentarse ante el rey para decirle: «Vengo de parte del Cid. Debo contaros algo». Se mirase como se mirase, aquella misión se parecía muchísimo a una locura.

La primera sorpresa fue que logró llegar hasta el palacio real sin que nadie le cerrase el paso. Pero todavía fue más asombroso lo que pasó después, y es que el rey aceptó recibirlo. Cuando el buen Minaya entró en el salón del trono, tuvo que respirar hondo para aplacar el latido de su corazón. Estaba muy nervioso, mucho más que en la hora del combate. El rey lo miró con dureza. No había ni una pizca de comprensión en sus ojos. Ni de piedad. A Minaya le entraron ganas de salir corriendo. Pero ya era tarde: no podía darse media vuelta. Para bien o para mal, su suerte estaba echada. Así que se arrodilló, agachó la cabeza y dijo:

—Majestad, vengo de parte de don Rodrigo Díaz de Vivar, vuestro vasallo.

El silencio que siguió debió de durar dos o tres segundos, pero pareció eterno. Minaya alzó un poco la cabeza para observar la reacción del rey: a veces los gestos dicen más que las palabras y uno puede ver las respuestas con los ojos antes de que el oído las escuche. Pero no hubo reacción. La cara del rey seguía igual de inexpresiva que al principio. Minaya notó un nudo en la garganta. Tenía la boca seca. Tragó saliva. Una gota de sudor atravesó su frente y saltó desde la ceja a la mejilla.

—Don Rodrigo ha conquistado más de veinte villas desde que salió desterrado de vuestro reino —siguió diciendo, y luego hizo una pausa, porque la necesitaba—. Hace unos días, derrotó a las tropas del rey Tamín de Valencia, y la batalla le dejó un rico botín. El Cid os manda un quinto de las ganancias, como vasallo vuestro que es. Si tenéis la bondad de asomaros al patio de armas, podréis ver el regalo que os envía…

Minaya sintió los ojos del rey en sus ojos. Parecía que don Alfonso quisiera fulminarlo con la mirada. Su gesto era duro, áspero, amenazador. Minaya comprendió que aquel encuentro no estaba saliendo bien. El rey no se mostraba receptivo, así que lo mejor era irse antes de empeorar las cosas. Minaya estaba a punto de ponerse en pie cuando el rey se levantó del trono y echó a andar hacia la puerta del salón. El buen Minaya lo siguió con los ojos, estudiando sus gestos. Don Alfonso llegó hasta la puerta, se detuvo y miró hacia el patio de armas. Entonces, aunque de forma casi imperceptible, la cara del rey cambió. Sus ojos se destensaron ligeramente. La tirantez que le afeaba la boca se relajó un poco. El Cid le había enviado al rey treinta caballos, todos fuertes, robustos, de crines sedosas, de pelo brillante. Eran los treinta mejores caballos que había ganado en la batalla de Alcocer. De la silla de cada uno colgaba una espada. No podía imaginarse un regalo mejor.

Álvar Fáñez, sin moverse de donde estaba, preguntó:

—¿Aceptáis el regalo, Majestad?

Don Alfonso tardó en responder. Minaya volvió a sentir el fuego de la angustia en el estómago.

—Es demasiado pronto para aplacar mi ira… —dijo el rey.

Por fortuna, el Cid estaba lejos. Así que se ahorró el mal trance de escuchar aquellas palabras.

Don Ramón se queda a cenar

Mientras Minaya se encontraba en Burgos, el Cid vendió Alcocer a los moros de Calatayud. Luego, siguió ensanchando sus dominios en dirección al este. Varias villas cercanas a Teruel e incluso la mismísima ciudad de Zaragoza aceptaron pagarle parias: era mejor comprar la paz que lidiar la guerra. El Cid saltaba de triunfo en triunfo, pero no se le veía alegre. A fin de cuentas, nada esencial estaba cambiando: don Rodrigo seguía siendo un desterrado, echaba de menos su hogar y tenía que vivir lejos de su familia. Pensaba en Jimena, Sol y Elvira a todas horas. Se preguntaba si estarían bien, si necesitarían algo, si volvería a abrazarlas. Fue un alivio que Álvar Fáñez regresara de Burgos sano y salvo. El día en que llegó, el Cid salió corriendo a recibirlo y lo asaeteó a preguntas nada más verlo.

—¿Has ido a Cardeña tal y como te pedí? —le dijo—. ¿Has visto a Jimena? ¿Cómo están mis hijas? ¿Hablaste con el abad? ¿Aceptó los mil marcos de oro que le envié?

El buen Minaya se echó a reír. Era raro ver a don Rodrigo tan inquieto.

—Doña Jimena y vuestras hijas están perfectamente —respondió—. Os envían besos y abrazos. Les expliqué que os estáis haciendo rico y que los moros os temen, porque todas las villas en las que ponéis los ojos caen en vuestras manos.

—Y al abad, ¿lo viste?

—Lo vi, sí. Se quedó pálido cuando saqué los mil marcos. Me confesó que nunca en su vida había visto tanto dinero junto. Tuve que insistirle, pero al final los aceptó…

Aún quedaba pendiente una pregunta, la más difícil. Álvar Fáñez no esperó a que el Cid la formulara: prefirió evitarle ese mal trago. Así que, sin esperar más, dijo:

—El rey me concedió la gracia de recibirme en persona. Le hablé de vuestras hazañas, le dije que os seguís considerando vasallo suyo…

—¿Y qué te respondió?

—Que aún es demasiado pronto para aplacar su ira…

El Cid bajó la mirada. Una nube de pena le ensombreció el rostro.

—Entiendo… —murmuró con voz apagada.

—Pero aceptó vuestro regalo —lo animó Álvar Fañez—, y eso es buena señal. Además, me ha dado permiso para entrar y salir de Castilla siempre que quiera. En adelante, ningún caballero será castigado por unirse a vuestras tropas.

El Cid permaneció callado. Estaba digiriendo la repuesta. En algún momento había pensado que el perdón del rey llegaría pronto. Pero había pecado de optimista. Lo que vale siempre tarda. Habría que tener paciencia.

—¡¡¡Soldados!!! —exclamó de pronto el buen Minaya—. ¡Llegan soldados!

El Cid alzó la vista. En efecto, por la hondonada que tenían delante se veía avanzar una tropa de unos mil guerreros. El gesto del Cid no cambió en lo más mínimo. Con indiferencia, casi con aburrimiento, dijo:

—Nos espera otra batalla, sí.

—¿Es Tamín?

—Es don Ramón, el conde de Barcelona. Ahora nos toca enfrentarnos con gente de nuestra misma fe.

—¿Y por qué?

—Don Ramón me ha retado. Dice que me he acercado demasiado a sus tierras y que debe castigarme por mi osadía. Yo me he resistido a combatir, pero todo el mundo sabe cómo es don Ramón…

—No conozco a nadie más tozudo. Es un mal bicho.

El Cid se rio con el comentario. Al poco, apareció frente a la muralla la figura oronda[1] del conde, con sus manos rollizas, sus mejillas abultadas teñidas de rosa, su barriga de buen comedor. Era un hombre arrogante y se le notaba incluso desde lejos. Había nacido rico y estaba acostumbrado a que nadie le replicase. Y, cuando todo el mundo te obedece sin rechistar, acabas por volverte un engreído.

—¡Vais a morder el polvo! —gritó el conde mirando a don Rodrigo desde el fondo de la hondonada.

La batalla fue rápida, y vencieron los del Cid. El propio don Ramón cayó prisionero, y el Campeador tomó por botín todas sus pertenencias. La más valiosa era una espada guarnecida con una empuñadura de oro y que tenía nombre propio: se llamaba Colada. Don Rodrigo la miró fascinado. Cuando la alzó en el aire, usando las dos manos, el conde de Barcelona se quedó pálido como un muerto. Echándose a los pies del Cid, comenzó a suplicar:

—¡Tened clemencia, Campeador! ¡Seré vuestro esclavo si así lo deseáis, pero no me matéis!

1 **oronda**: hinchada, gruesa.

El Cid hizo una mueca de desconcierto. Bajó la espada suavemente y exclamó:

—Pero ¿qué estáis diciendo, señor conde? ¿Pensabais que quería cortaros la cabeza? ¡No veis que no sois mi enemigo! Ya os dije que no me apetecía que nos enfrentásemos… Lo mejor es que hagamos un trato.

—¿Un trato? ¿Qué tipo de trato?

—Si venís a cenar conmigo a mi tienda y coméis con gana, os dejaré libre.

—¿Así de fácil?

—Así de fácil.

El conde aceptó, por supuesto. Cenó en la tienda del Cid, y engulló de buena gana todo lo que le ofrecieron: el cordero, las tajadas de cerdo, el pan, los garbanzos, el queso, el bacalao en salazón, los higos, las peras, las uvas, las ciruelas… Verlo comer era todo un espectáculo. Sus mandíbulas masticaban a una velocidad portentosa. Sus calzas parecían a punto de reventar.

Al amanecer, el Cid llamó a la tienda del conde. Al entrar, vio que don Ramón tenía mala cara. Se había excedido en la cena y había pasado muy mala noche. Acababa de vomitar por tercera vez.

—Sois libre, don Ramón —dijo el Cid.

No hizo falta que se lo repitieran. Sin perder un segundo, el conde se puso su capa y salió de la tienda. Como estaba muy entrado en carnes, le costó montarse en el caballo, y dos hombres del Cid tuvieron que ayudarle. Huyó a todo galope. «¡Ese Cid es un idiota!», se decía a sí mismo mientras clavaba las espuelas en su caballo. «Hay que ser bobo para dejar escapar de balde a un prisionero tan valioso como yo».

Un lugar en el mundo

Los héroes nunca renuncian a sus sueños. Al salir de Castilla, el Cid se había prometido que encontraría un nuevo hogar para los suyos, y en los largos años que duró su destierro no abandonó nunca aquella noble ilusión. Avanzando hacia el este en su senda de conquistas, acabó por llegar a las puertas de Valencia. En cuanto vio la ciudad, desde una colina, supo que había encontrado su lugar en el mundo.

Valencia lo tenía todo: era fértil, rica y bella. Había sido construida en medio de una llanura sembrada de naranjos y limoneros, de olivares y campos de trigo, de arrozales inundados que prometían una buena cosecha. El mar besaba sus pies y un inmenso pinar la perfumaba. En Valencia, la vida parecía más dulce, más amable, menos triste que en otros lugares. El Cid no podía imaginarse un hogar mejor para su familia. El único inconveniente era que la ciudad se hallaba en manos de un rey moro, Tamín, el mismo que había intentado echar al Cid de Alcocer. Pero eso no desalentó a don Rodrigo. Decidió que Valencia tenía que ser suya fuese como fuese. Y su historial demostraba que, cuando se proponía una cosa, siempre acababa por conseguirla.

Como otras veces, usó el hambre como arma de guerra: sitió Valencia. Tamín podría haberse defendido sacando a su ejército y presentando combate, pues, a fin de cuentas, disponía de muchos más soldados que el Cid. Pero prefirió esperar. Se resistía a arriesgarse. Recordaba muy bien la pasmosa facilidad con que el Campeador había vencido a Fáriz y Galve, y no quería que la humillación se repitiera. Así que, durante nueve meses, soportó el cerco. En ese tiempo, murieron en la ciudad muchos hombres y mujeres, niños y ancianos, y los que sobrevivieron se fueron volviendo pálidos y raquíticos[1] por culpa del hambre. Pasados los nueve meses, Tamín decidió combatir. Pero ya era tarde: sus soldados no estaban en condiciones de dar guerra. El hambre los había consumido. Ahora toda victoria se había vuelto imposible.

Entonces, Tamín eligió salvarse solo. En los sótanos de su alcázar[2] había un pasadizo secreto que llevaba a la playa. Por allí escapó, abandonando a los suyos. Un barco lo esperaba a pocas millas de la costa para llevarlo a Marruecos. Cuando subió a bordo, Tamín experimentó dos sensaciones contradictorias. Por un lado, se sentía aliviado, porque huir era como despertar de una horrible una pesadilla. Por el otro, estaba rabioso. Mientras el barco se iba adentrando en el mar y la costa se achicaba en el horizonte, los ojos de Tamín se llenaron de lágrimas. Amaba Valencia. Perderla era algo así como dejar atrás un pedazo de sí mismo. De haber tenido al Cid enfrente, no habría dudado en escupirle a la cara. Ojalá que Alá lo castigase como se merecía.

---

1 **raquíticos**: muy delgados y débiles.
2 **alcázar**: palacio de un rey o príncipe.

Un favor

Don Rodrigo entró en Valencia a caballo. Desde el primer momento, la ciudad lo deslumbró. Lo impresionó la blancura de las casas, cuyas fachadas reflejaban toda la luz del mar, y el olor a azahar que impregnaba el ambiente. Desde las ventanas, sin dejarse ver, los valencianos observaban, intrigados, a los nuevos dueños de la ciudad. Los hombres del Campeador entraron sin escándalo, como si no quisieran hacer ostentación de su victoria. El propio Cid desfiló por la ciudad con la humildad de quien sabe que todos sus logros son obra de Dios. A los valencianos les llamó la atención su barba, tan larga y tan negra, que se le desparramaba en ondas sobre el pecho. Hacía casi diez años que el Cid la dejaba crecer, pues había prometido no cortársela hasta que el rey lo perdonase.

Don Rodrigo entró en el alcázar de Tamín. Era un palacio formidable, de suelos ajedrezados y ventanales inmensos, tan grande y laberíntico que parecía otra ciudad dentro de la ciudad. Había pasillos interminables por todos lados, flanqueados de aposentos, y escaleras de caracol que llevaban a terrazas luminosas. En el centro del alcázar se abría un patio delicioso poblado de palmeras por el que los pavos reales deambulaban sin prisas. Cuando el Cid lo pisó por vez primera, le pareció que el aire era allí más puro que en ningún otro lugar del mundo. Lo único que se oía en el patio eran cinco caños de plata que vertían agua sobre un estanque. El Cid permaneció un buen rato en mitad del patio, sin moverse, gozando de la calma, dejándose arrullar por el rumor del agua adormecida. De pronto, sonrió. La decisión estaba tomada: aquel alcázar iba a ser la casa de su familia. Jimena, Sol y Elvira no se merecían menos.

Aquella misma tarde, el Cid envió a Álvar Fáñez a Castilla con un nuevo regalo para el rey. El buen Minaya tardó más de dos semanas en llegar a Burgos, pero el viaje mereció la pena. Don Alfonso quedó maravillado con los cien caballos que le mandaba el Cid, y se entusiasmó de veras cuando supo que don Rodrigo acababa de conquistar Valencia, que era la ciudad más bella, la más rica, la más deseada en tierra de moros. Álvar Fáñez se apresuró a decir:

—Don Rodrigo quiere que sepáis que no ha conquistado Valencia en su propio nombre, sino en el vuestro. La ciudad os pertenece.

Al oír aquello, el rey resplandeció. En sus labios se formó una mueca parecida a una sonrisa. En cambio, el conde García Ordóñez, que estaba presente, puso mala cara.

—¡Se ve que los moros se están volviendo flojos! —farfulló—. Hasta conquistar Valencia resulta fácil hoy en día…

Don Alfonso se volvió bruscamente hacia el conde.

—¿Qué estáis murmurando, García Ordóñez? —dijo—. Este no es el momento de maldecir de don Rodrigo. A la vista está lo bien que me sirve.

Álvar Fáñez sintió que aquellas palabras valían más que el oro. Estaba claro que algo había cambiado en el corazón del rey, pues don Alfonso ya no tenía inconveniente en celebrar las hazañas del Cid en público. Minaya decidió aprovechar la ocasión para ganar un poco más de terreno. Humillando de nuevo la cabeza, dijo:

—Majestad, el Cid quisiera pediros un favor...

La sonrisa del rey se diluyó. No es que don Alfonso se mostrara a disgusto: más bien parecía intrigado.

—¿Un favor? —preguntó.

Álvar Fáñez respiró hondo antes de responder:

—El mayor deseo de don Rodrigo es tener de nuevo a su familia a su lado. ¿Permitiríais, Majestad, que doña Jimena y sus hijas salieran de Castilla y viajaran a Valencia?

El conde Ordóñez se tensó. Sus ojos eran dos brasas, dos cuchillos, dos arpones. La petición del Cid lo indignaba. ¿Cómo se atrevía aquel don nadie a mendigar favores del rey? ¿Acaso pensaba que, por ser dueño de Valencia, se había convertido en el igual de don Alfonso? ¡Seguía siendo un infanzón y lo sería siempre! ¡El rey lo había desterrado, así que no tenía derecho a pedir nada!

—Que sea como pedís —dijo tranquilamente don Alfonso.

El conde García Ordóñez se mordió los labios. Le costaba asumir las derrotas.

—Entonces —preguntó Álvar Fáñez—, ¿la familia del Cid puede viajar a Valencia?

—Tienen mi permiso —dijo el rey—. Ellas y toda su servidumbre.

Cuando Álvar Fáñez abandonó el salón del trono, estaba tan radiante que parecía flotar sobre la tierra. ¡Todo había salido a pedir de boca! Después de tantos años de pena y esfuerzo, el Cid iba a reencontrarse por fin con su familia. El perdón definitivo del rey cada vez parecía más a mano.

Álvar Fáñez estaba a punto de montar a caballo cuando alguien dijo a sus espaldas:

—Señor don Álvaro…

La voz sonaba dulzona y exigente al mismo tiempo. Al darse la vuelta, Álvar Fáñez vio a dos muchachitos casi idénticos, de piel muy pálida. Tenían los labios finos, la nariz respingona, los ojitos claros y la melena muy bien peinada. Debían de andar por los veinte años, pero seguían teniendo cara de niños. Ni siquiera les había salido la barba. Álvar Fáñez los conocía de sobra. Don Diego y don Fernando eran los hijos del conde de Carrión. Tenían fama de chismosos y de frívolos, y de gastarse en caprichos más de lo que poseían. A los infantes de Carrión les gustaba seguir la moda de la corte. Sus grandes pasiones eran las calzas finas, los guantes caros, los collares gruesos, las fiestas lujosas. Habían sido educados para la guerra, pero preferían los banquetes a las cabalgadas. Álvar Fáñez no los había visto nunca con una espada en la mano.

—Nos gustaría que saludarais al Cid de nuestra parte —pidió don Fernando.

Minaya metió un pie en el estribo.

—Así lo haré —dijo, sentándose en la silla de montar.

—Explicadle que estamos a su entera disposición para lo que se le ofrezca —añadió don Diego.

El buen Minaya no era tonto: sabía leer entre líneas. De todas formas, no había que ser muy espabilado para comprender lo que pretendían los infantes. Hasta sus finas narices había llegado el olor del oro del Cid, y aquel aroma les resultaba de lo más tentador. Don Rodrigo era rico, muy rico, tal vez más rico que el propio rey. Codearse con él solo podía tener ventajas.

—Yo le diré al Campeador que deseáis servirle —dijo Minaya, disimulando su disgusto—. Tal vez pronto se ofrecerá alguna batalla en la que podáis ayudarle…

Don Diego y don Fernando se miraron con inquietud: Álvar Fáñez no había entendido bien… Luchar en las filas del Cid no entraba en sus planes… Lo que querían era otra cosa… Había que deshacer la confusión…

—¡Don Álvaro, don Álvaro! —dijeron.

Pero don Álvaro ya no escuchaba. Se alejaba a todo galope, sin mirar atrás. Quería llegar a San Pedro de Cardeña enseguida para que Jimena y sus hijas se enterasen de inmediato de que muy pronto podrían abrazar al Cid.

Gente de bien

En Valencia, don Rodrigo empezó a impacientarse. Minaya había partido hacia Burgos hacía casi un mes. ¿Por qué no volvía? El Cid ansiaba ver a su familia, de la que llevaba diez años apartado… Algunos días, se pasaba horas enteras subido al torreón más alto del alcázar, oteando el horizonte. Cualquiera que pasaba a lomos de un caballo lo ponía en alerta. ¿Sería Álvar Fáñez? ¿Volvería con Jimena y con las niñas? La esperanza se encendía rápidamente, pero enseguida se tornaba en decepción. Jimena y las niñas no aparecían. ¿Y si el rey les había negado el permiso para salir de Castilla? Claro que a lo mejor habían partido hacia Valencia y les había pasado algo por el camino…

¡Una mujer! Por fin, una tarde, don Rodrigo divisó en la lejanía la silueta de una mujer. No pudo distinguir su barbilla ni sus ojos, pero la reconoció al instante. Loco de felicidad, montó en Babieca y salió a recibirla con una galopada inolvidable. El caballo, contagiado de la alegría del amo, hizo más de quince cabriolas entre relincho y relincho. Luego el Cid descabalgó y se arrodilló ante su esposa. Elvira y Sol corrieron a abrazarlo.

—Vidas de mi vida, almas de mi alma —susurró el Cid.

Los cuatro lloraron.

Jimena y sus hijas venían cargadas de joyas y vestidas como reinas, pues Álvar Fáñez se había gastado un dineral en ataviarlas para la ocasión. Doña Jimena estaba más hermosa que nunca: los años y las penas, en vez de marchitarla, habían perfeccionado su belleza. Elvira y Sol, por su parte, se habían convertido en dos adolescentes altas y esbeltas, de piel clara y ojos grandes. Cada frase que pronunciaban, cada uno de sus gestos, daba a entender que eran muchachas sensatas y comedidas. Parecían incapaces de un mal pensamiento. En su mirada dulce cabía toda la luz del mundo. El Cid comprendió con alegría que sus dos hijas eran gente de bien.

Felices como niños, los cuatro desfilaron hacia el interior de Valencia, seguidos por las treinta doncellas que habían acompañado a Jimena desde Cardeña y por los cien caballeros que la habían escoltado porque deseaban sumarse al glorioso ejército del Cid. Don Rodrigo estaba ansioso por enseñarle a su familia su nuevo hogar. En cuanto puso el pie en Valencia, Jimena quedó deslumbrada. La ciudad rezumaba luz. De camino al alcázar, el Cid se detuvo ante la catedral de Santa María y les contó a Elvira y Sol que, hasta hacía muy poco, aquel templo había sido una mezquita. Al fin, los cuatro llegaron al palacio. El Cid guio a sus tres mujeres hasta una escalinata de piedra, por la que subieron y subieron durante un buen rato. Doña Jimena jadeaba, agotada. Elvira y Sol se reían, como en un juego. Al cabo, llegaron arriba del todo. Habían subido a la torre más alta del alcázar porque el Cid quería que su mujer y sus hijas vieran la ciudad como debía de verla Dios. Las tres quedaron fascinadas. Valencia estaba rodeada por una huerta inmensa, repleta de palmeras y naranjos. El mar, casi infinito, espejeaba al sol. Más que una ciudad, el Cid había conquistado un paraíso. Jimena trató de decir algo pero no pudo. Le fallaron las palabras. Sin embargo, sus ojos, llenos de lágrimas, hablaron por ella.

Valencia está en juego

Con la primavera volvió la guerra. Una mañana, el Cid le dijo a su mujer:

—Ven conmigo.

La llevó a la torre más alta del alcázar, igual que el día de su llegada a Valencia. Doña Jimena miraba a su marido con ternura. Pensaba que el Cid le reservaba alguna sorpresa agradable. Pero, cuando llegó arriba y se asomó por entre las almenas, quedó aterrada. Había soldados por todas partes. Cincuenta mil hombres habían llegado desde Marruecos, encabezados por el rey Yusuf, quien no iba a tolerar ni un día más que Valencia, la joya de Al-Ándalus, se hallara en manos del Cid. Aquel era el mayor ejército que hubiera pisado nunca las tierras de levante. Doña Jimena aguzó la vista para ver dónde acababa el campamento, pero no logró encontrar sus límites. Parecía tan extenso como el mar. Las banderas enemigas, con su media luna roja, ondeaban por todos lados. Doña Jimena tuvo la impresión de que estaban pintadas con sangre.

—¡Que el Señor nos socorra! —exclamó.

El Cid estrechó a su mujer entre sus brazos.

—No te he traído aquí para que te asustes, esposa mía —dijo—, sino para que te alegres de lo que está por venir. No sufras, que nadie nos va a quitar Valencia. Esta ciudad es mi mejor conquista. De aquí únicamente me sacarán muerto. ¿Por qué lloras? Te digo que no va a pasar nada… Mañana saldremos a luchar contra esos soldados. Las niñas y tú nos veréis combatir desde aquí arriba y así seréis testigos del sudor que nos cuesta a los guerreros ganar el pan que comen nuestros hijos.

Al día siguiente, antes del amanecer, los soldados del Cid entraron en la catedral. Rezaron arrodillados delante la cruz, y luego oyeron misa. Don Jerónimo, el obispo, les dio su bendición.

—Recordad que, si alguno cae —dijo—, Dios lo compensará como conviene, llevándolo de la mano hasta el Paraíso.

—¡Gloria al Señor! —bramaron todos.

El obispo era un hombre corpulento, macizo, vehemente. Llevaba la cabeza rapada al cero. Cuando los soldados empezaban a salir de la catedral, se acercó al Cid y le dijo:

—¿Puedo sumarme al combate, Campeador?

Don Rodrigo no se sorprendió: sabía que don Jerónimo era un hombre aguerrido. Se había presentado en Valencia a los pocos días de la toma de la ciudad: había oído decir que el Cid nunca perdía una batalla, y se moría de ganas de conocerlo. Justo entonces, don Rodrigo andaba buscando un clérigo al que nombrar obispo de Valencia, y el padre Jerónimo le pareció llovido del cielo. Aquel hombre fuerte, tenaz, de mente rápida, valía para todo. Se apasionaba por igual con las cosas de Cristo y con los utensilios de la guerra. Tan pronto hablaba de la Biblia como de la mejor manera de tensar un arco.

Don Jerónimo no solo quería batallar, sino que deseaba salir el primero. Y así se hizo. En cuanto se abrieron las puertas de la ciudad, el obispo irrumpió a todo galope entre las tropas enemigas, blandiendo la bandera del Campeador. Rebosaba fuerzas. Parecía que lo empujara el Espíritu Santo, o que llevase dentro un volcán en erupción. Tras él, salieron los cuatro mil soldados del Cid, que cabalgaron hacia los moros con el mismo brío que el obispo. El ejército del Campeador era en verdad pequeño comparado con el de Yusuf, pero sus hombres estaban acostumbrados a pelear en minoría. Salieron en tromba, con ganas de imponerse. Y lo lograron desde el primer momento. Tomados de uno en uno, eran temibles, pero, juntos, avasallaban. Sus espadas, feroces, soltaban chispas al chocar contra los alfanjes de los moros.

La batalla duró dos días. En el segundo, las fuerzas quedaron equilibradas, pues los cristianos habían matado a muchos más soldados que los moros. A eso del mediodía, el Cid buscó con la mirada al rey Yusuf. ¿Dónde estaría? Deseaba vencerlo con su propia mano. Al fin, lo identificó en el tumulto. Era un hombre alto, afilado, de mentón orgulloso. Llevaba un turbante plateado y un escudo en forma de lágrima. Los dos hombres se cruzaron una mirada desafiante. Yusuf detestaba al Cid, y ese fue su gran error, porque, cuando se combate, conviene mantener las emociones a raya. De lo contrario, el odio ciega en vez de ayudar. Tres veces intentó Yusuf atravesar al Campeador con la punta de su lanza, y las tres veces se quedó corto, porque empujaba el arma antes de tiempo, por culpa de la cólera. En vez de matar a su adversario, acabó acorralado por el Cid. La lanza de don Rodrigo se partió por la mitad cuando topó contra el escudo de Yusuf, que reventó en mil pedazos. El Cid recurrió entonces a su espada, la famosa Colada. La alzó sobre la cabeza del moro, subiéndola tanto como si pretendiera rasgar el cielo. Yusuf miró al Cid con ojos de súplica. Pero don Rodrigo no tuvo piedad. Su espada bajó de las alturas decidida a partir en dos la cabeza de

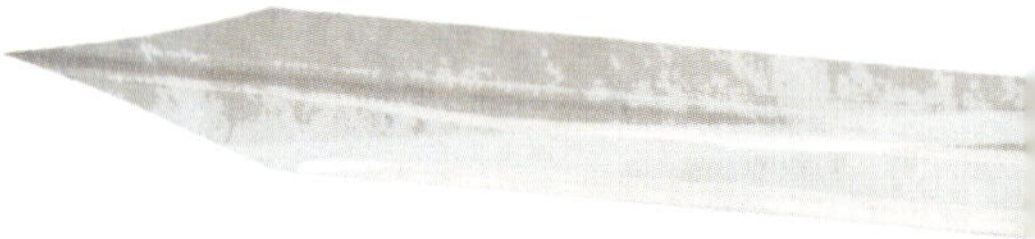

Yusuf. El moro solo se salvó porque logró apartarse a tiempo. Y, en cuanto se libró de la cuchillada, espoleó a su caballo y se dio a la fuga. Prefirió la deshonra a la muerte.

La huida de Yusuf culminó la victoria de los cristianos. De los cincuenta mil soldados que habían llegado desde Marruecos solo quedaron vivos unos cien. Valencia estaba a salvo. Mientras Dios quisiera, seguiría en manos del Cid. La batalla dejó, además, un botín espléndido que don Rodrigo repartió con alegría. Aquella noche, el obispo don Jerónimo recogió seis tambores del campamento moro y los dejó a modo de ofrenda frente al altar mayor de la catedral. En la fiesta que siguió, el Cid les dijo a sus hombres:

—Hablemos del amor… —Se oyeron risas, así que el Cid prosiguió en tono animado—. Mi esposa tiene más de treinta doncellas a su cargo, y todas están ansiosas por tomar marido… Os propongo que quien lo desee se despose con alguna de ellas. A cada pareja le daré doscientos marcos de plata como regalo de bodas. Seguro que Dios premiará a los que se casen con muchos hijos, que serán savia nueva para nuestra adorada Valencia.

Al día siguiente, el padre Jerónimo se pasó la mañana oficiando bodas. Valencia entera se convirtió en una fiesta, el vino corrió a raudales y el baile se prolongó hasta bien entrada la noche. Los únicos que no participaron de los festejos fueron Pedro Bermúdez y Álvar Fáñez, porque ya no estaban en Valencia. El Cid les había pedido que viajasen a Castilla para llevarle un nuevo regalo a don Alfonso: los doscientos mejores caballos que había ganado en el combate contra Yusuf.

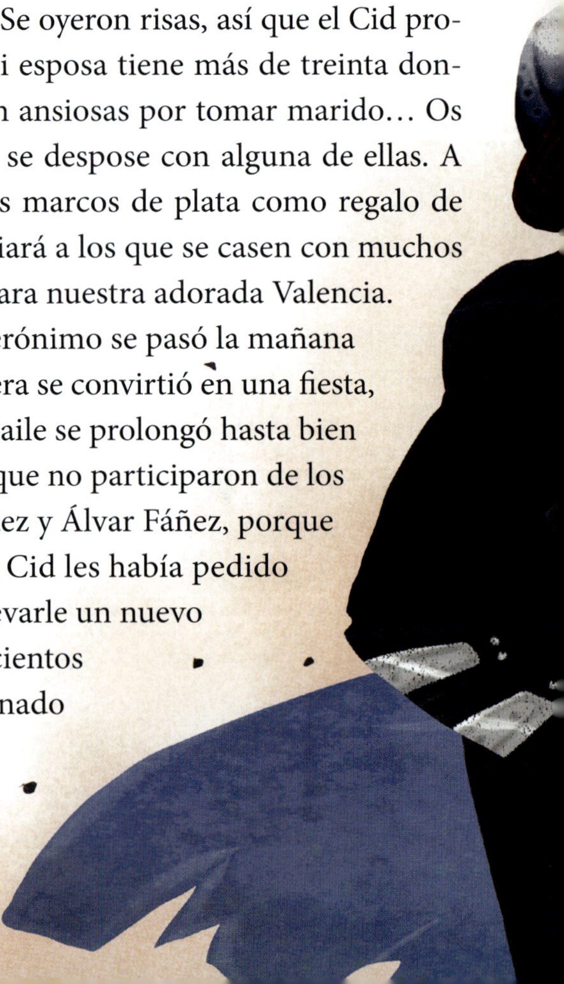

Algo más

—Son espléndidos —comentó el rey don Alfonso cuando vio los caballos que le enviaba el Cid Campeador—. Entonces, ¿Yusuf ha muerto?

—Es...tá desap... desapa... recido —tartamudeó Pedro Bermúdez.

El rey sonrió. No lo dijo, pero estaba claro que lo enorgullecían las victorias del Cid. Para agasajar[1] a Fáñez y Bermúdez, organizó un soberbio banquete al que invitó a los principales nobles de la corte. Durante la comida, todo el mundo elogió el coraje del Cid. Solo el conde Ordóñez arrugaba el entrecejo. Los infantes de Carrión, por su parte, no dejaban de pensar en la riqueza que estaba amasando el Campeador. Don Diego le susurró a su hermano:

—¿Y si le pedimos al Cid la mano de sus hijas?

Don Fernando irguió la cabeza de golpe, como indignado.

—¿Es que has perdido la cabeza, hermanito? —replicó.

—Piénsalo bien: el Cid tiene dinero, y nosotros somos un buen partido...

—Precisamente por eso. Llevamos en las venas la sangre de un conde: no podemos casarnos con las hijas de un mísero infanzón como el Cid.

---

1 **agasajar**: tener una atención con alguien, homenajearlo o hacerle un regalo.

Al final, pesó más la ambición que el orgullo. Así que, al día siguiente de buena mañana, los infantes se presentaron ante el rey y le dijeron:

—Nos gustaría casarnos con las hijas del Cid... ¿Seríais tan amable, Majestad, de concertar las bodas?

Don Alfonso frunció el ceño. Los infantes acababan de ponerlo en un compromiso. Después de haber desterrado al Cid, no venía a cuento pedirle favores. Pero tampoco quería desairar a los infantes, porque don Diego y don Fernando tenían amigos influyentes en la corte que podían darle problemas. Don Alfonso se encerró en su alcoba a recapacitar, le dio muchas vueltas al asunto y se maldijo mil veces por verse en aquel trance. Al final, salió de su alcoba aparentando calma y se fue en busca del buen Minaya.

—He decidido perdonar al Cid —le dijo.

Álvar Fáñez sintió que el corazón se le desbocaba. Trató de mantener la compostura, pero la alegría le iluminó el rostro. Se moría de ganas de ver al Cid y de contarle de viva voz lo que acababa de decirle el rey.

—En adelante —prosiguió don Alfonso—, yo volveré a ser su señor y él será otra vez mi vasallo. Sellaremos nuestra reconciliación en unas vistas[2] que celebraré pronto.

—Parto enseguida, Majestad, para contárselo. Y os doy las gracias mil veces de su parte.

El rey se atusó[3] la barba antes de decir:

—Hay algo más que debéis anunciarle...

---

2 **vistas**: reunión pública que sirve para tomar una decisión o sellar un pacto.

3 **atusar**: pasar la mano por el pelo para dejarlo liso.

Cuando Minaya y Bermúdez llegaron a Valencia y le contaron al Cid que el rey lo había perdonado, el Campeador se sintió en el colmo de su felicidad. Después de tantos años de sufrir penalidades, volvía a ser vasallo de su señor natural. Contra todo pronóstico, los sacrificios del destierro habían merecido la pena.

—Hay algo más… —anunció Minaya.

—¿Algo más? —preguntó don Rodrigo.

—Los infantes de Carrión quieren casarse con doña Elvira y doña Sol, y el rey dice que el matrimonio os conviene mucho, porque don Diego y don Fernando son gente de alto linaje…

El Cid hizo un gesto de pesadumbre. Conocía a los infantes, y no los deseaba como yernos. Eran gente orgullosa, dos niños malcriados que despreciaban a todo el mundo. Siempre habían mirado al Cid por encima del hombro: ¿cómo es que ahora querían atar lazos de sangre con él? No, de ninguna manera iba a casar a sus hijas con los infantes de Carrión.

Demasiado jóvenes

Las vistas se celebraron en la ciudad de Toledo. Por disposición del rey, todos los nobles de Castilla tuvieron que acudir, así que los caminos del reino se llenaron de caballeros que cabalgaban rumbo al Tajo ataviados con sus mejores galas. Don Alfonso se presentó en compañía de un séquito de barones y marqueses, y el Cid deslumbró a todo el mundo con los adornos de oro que relucían en sus prendas. Su barba, larguísima, simbolizaba la honra que había conquistado. De su figura manaba el aura del poder. En cuanto vio al rey, se puso de rodillas. Quiso besarle los pies, pero don Alfonso no lo permitió.

—Alzaos —dijo—. Con besarme las manos basta.

En la comida que siguió, el rey y don Rodrigo hablaron de la guerra y la política, la Iglesia y la corte. Castilla vivía tiempos difíciles. En cuanto pudo, don Alfonso sacó el tema que más le interesaba.

—Los infantes de Carrión —dijo— desean casarse con vuestras hijas…

El Cid se esforzó en disimular su desagrado. Le parecía raro que los infantes, que venían de tan arriba, quisieran casarse con Elvira y Sol. El Cid temía que, algún día, una vez pasado el entusiasmo inicial, don Diego y don Fernando se arrepintieran de haberse casado con las hijas de un simple infanzón. Con cortesía, midiendo las palabras, se atrevió a insinuar su descontento.

—Mis hijas son demasiado jóvenes para casarse —dijo—. Pueden seguir solteras un par de años más.

El rey carraspeó. No hizo más que eso, carraspear, pero bastó aquella tosecilla minúscula para que el Cid comprendiera que no tenía salida. Quisiera o no quisiera, debía aceptar las bodas, porque el rey las deseaba. Ahora que volvía a ser vasallo de don Alfonso, no podía disgustarlo de nuevo.

—Pero, puesto que Su Majestad así lo desea —añadió enseguida—, podéis casar a mis hijas con los infantes.

Al pronunciar aquellas palabras, don Rodrigo notó un extraño vacío en el estómago. Sintió, sin saber por qué, que estaba traicionando a sus hijas.

Una fiera suelta

Las bodas se celebraron en Valencia. Quince días duraron las galas y los banquetes, los torneos y los bailes. Los infantes, en lugar de marcharse a su tierra con sus esposas, decidieron quedarse a vivir en Valencia. Era lo que más les convenía, porque el Cid satisfacía sin tacañear todos los caprichos de sus yernos. Los infantes se movían con entera libertad por el alcázar, organizaban fiestas casi a diario y recibían un trato afectuoso por parte de todos los hombres del Cid. Es verdad que no se ocupaban demasiado de sus esposas, pero Elvira y Sol no se quejaban. Las habían educado para permanecer a la sombra de sus maridos y para contentarlos en todo. El capellán de los infantes les repetía siempre que su destino era callar y obedecer.

Todo iba bien hasta que sucedió lo del león. En aquel tiempo, era costumbre que los reyes tuvieran en su palacio alguna fiera enjaulada. Un león o una pantera daban prestigio, y servían para impresionar a los invitados después de los banquetes. El rey Tamín tenía un león en su alcázar y se lo había dejado en Valencia al darse a la fuga. Era un animal enorme, de aspecto feroz, con una espesa melena rizada y unos ojos desdeñosos del color del oro. Estaba encerrado en una jaula en el salón principal del alcázar, y se pasaba la mayor parte del día durmiendo, pero de vez en cuando lanzaba un ronco rugido que aterraba a las damas de palacio. Cuando el Cid lo vio por vez primera, quedó fascinado. Lo impresionaron los movimientos ondulantes que el animal hacía al caminar: parecía que el león fuese de agua. El Cid lo dejó donde estaba, allí en el salón, dentro de su jaula, y ordenó a uno de sus mozos que se encargase de darle de comer. Tenía que hacerlo cinco veces al día, siempre con carne recién sacrificada.

Una tarde, tras el almuerzo, don Rodrigo se quedó sentado a la mesa charlando con sus yernos, con Álvar Fáñez y con Muño Gustioz y con otros tres caballeros de confianza. La conversación era animada. Cada dos por tres, alguien soltaba un chiste. A unos veinte pasos, dentro de su jaula, dormía el león. En el patio sonaba el rumor de los caños, arrullador y tierno como una canción de cuna. La charla empezó a languidecer: la comida había sido abundante, los estómagos estaban llenos y el cuerpo pedía una siesta. El Cid y los demás entrecerraron los párpados y acabaron por dormirse. Solo quedaron despiertos los infantes de Carrión.

De pronto, el león estiró una garra y soltó un bostezo: acababa de despertarse. Un instante después se puso en pie con un si-

nuoso movimiento de gato y empezó a dar vueltas dentro de la jaula. De vez en cuando, olisqueaba el aire, como buscando en el ambiente un rastro que seguir, y en uno de sus rodeos rozó sin querer la puerta de la jaula. De repente, la jaula se abrió. Por lo visto, el mozo que cuidaba del león se había olvidado de cerrarla… El animal empujó la puerta con la frente y salió al salón.

Suavemente, sin brusquedades, con pasos elegantes de aristócrata, empezó a pasearse por delante de la mesa. Los infantes estaban chismorreando en susurros. No vieron al león hasta que el animal les pasó por delante. Y, cuando lo vieron, les faltó poco para enloquecer de terror. Saltando de sus asientos, comenzaron a gritar:

—¡Socorro, socorro!

Los caballeros del Cid despertaron de golpe, y lo primero que vieron fue la estampa ridícula de don Fernando escondiéndose bajo el asiento del Cid. Más allá, don Diego escapaba del salón a todo correr.

—El león está suelto —susurró Álvar Fáñez.

Los cinco caballeros se levantaron poquito a poco al tiempo que se enrollaban sus mantos en torno al brazo para protegerse de un posible zarpazo de la fiera. El Cid, en cambio, seguía durmiendo como si tal cosa. Para protegerlo, sus caballeros formaron un corro a su alrededor. Uno de ellos le rozó sin querer el codo y entonces el Cid despertó. Al verse rodeado por sus hombres, preguntó con inquietud:

—¿Qué es lo que pasa?

La respuesta se la dieron sus propios ojos, pues enseguida vio al león. Don Rodrigo se incorporó con mucha serenidad y avanzó hacia el animal sin molestarse ni siquiera en enrollarse el brazo con su manto. El león, al verlo, se detuvo de golpe. La fiera y el hombre se miraron fijamente, como reconociéndose. El Cid dio un paso al frente y adelantó la mano. Y entonces el león, con increíble mansedumbre, como si renunciara de repente a todos sus instintos, dejó que don Rodrigo lo agarrase por el pescuezo, lo condujera hasta la jaula y lo encerrase otra vez.

El Cid echó entonces un vistazo a su alrededor y preguntó:

—¿Dónde están mis yernos?

Sus caballeros se cruzaron miradas de inquietud. Don Fernando estaba temblando bajo un escaño, hecho un ovillo. Don Diego, por su parte, había huido a todo correr. Álvar Fáñez comprendió que, si don Rodrigo descubría lo cobardes que eran sus yernos, se llevaría el mayor disgusto de su vida. Así que, con rápida astucia, respondió:

—Ya no estaban aquí cuando el león se ha escapado.

Eso fue lo que dijo. Y lo dijo con tanta convicción que nadie habría podido darse cuenta de que estaba faltando a la verdad.

Muerte segura

Durante días, no se habló de otra cosa. Aquí y allá se contaba que el león se había escapado de su jaula, que los infantes habían chillado como ratas al verlo y que el Cid había sometido a la fiera sin más arma que su mirada. También se rumoreaba que don Diego, buscando desesperadamente un lugar en el que refugiarse, se había escondido tras una vieja viga de lagar[1] y había acabado pringado de pies a cabeza porque el madero chorreaba grasa. De la cobardía de los infantes, claro, solo se murmuraba a espaldas del Cid, pues nadie quería que don Rodrigo se avergonzase de sus yernos. Aun así, los de Carrión se dieron cuenta de que se habían convertido en el hazmerreír de toda Valencia.

—Lo del león no pasó porque sí —aseguraba don Fernando, indignado—. Está clarísimo que el Cid dejó la jaula abierta a propósito.

—Quería ponernos en ridículo, no hay duda —decía don Diego—. ¡Lo que me habría alegrado si el bicho le hubiese arrancado la cabeza de una dentellada…!

Mientras tanto, las cosas de la guerra seguían su curso. Los moros no se resignaban a haber perdido Valencia, así que hicieron un nuevo intento por reconquistar la ciudad. El rey Búcar, que presumía de ser el mejor estratega del mundo, se embarcó

1 Un ***lagar*** es una máquina grande usada para exprimir la uva o la aceituna. Su pieza fundamental es una gran viga o madero dispuesto en horizontal.

desde Marruecos con cincuenta mil hombres y plantó su campamento frente a Valencia. Una mañana, los infantes subieron al torreón más alto del alcázar para echarle un vistazo a aquel ejército que acababa de llegar a la ciudad con ansias de conquista. Cuando lo vieron, se quedaron pálidos.

—¡Creo que me voy a desmayar! —dijo don Fernando.

—¡Si salimos a luchar, es muerte segura! —exclamó don Diego.

Los infantes pensaban que estaban solos, pero no era así: Muño Gustioz los oyó. Y se apenó mucho, claro. ¡Qué lástima que los infantes tuviesen tan poco espíritu! Gustioz pensó que, si el Cid se enteraba, se llevaría un disgusto enorme, así que fue a verlo y le dijo:

—¿No sería mejor que los infantes no salieran a luchar? Pensad en cuánto sufrirían vuestras hijas si tuvieran la desgracia de quedarse viudas...

El Cid arqueó una ceja. No había pensado en aquella posibilidad. Muño Gustioz tenía razón: era mejor mantener a los infantes lejos del combate. La vida era larga: don Diego y don Fernando encontrarían muchas otras ocasiones de demostrar su valor en la batalla. Así que el Cid llamó a sus yernos y les dijo:

—Hijos de mi alma, es mejor que no salgáis a luchar. Quedaos en el alcázar. No quiero que arriesguéis vuestras vidas.

Las palabras del Cid estaban cargadas de buena intención, pero los infantes se las tomaron a mal, pues creyeron que escondían una indirecta. Don Fernando, rojo de rabia, replicó:

—¿Acaso dudáis de nuestro coraje, señor Cid?

Don Rodrigo se quedó desconcertado. Lo habían entendido mal.

—Perdonad si os he ofendido —dijo—. Pensé que...

—¡Por supuesto que saldremos a combatir! —exclamó don Fernando con sobrada dignidad—. Los de Carrión tenemos valor suficiente para enfrentarnos al mismísimo Alejandro Magno si hace falta.

La respuesta agradó mucho al Cid. Le encantaba que sus yernos fuesen así de animosos.

—¡Entonces —dijo—, a batallar como leones!

Los infantes enrojecieron, pues pensaron que el Cid se estaba burlando de lo que había pasado con el león. Pero no dijeron nada, porque justo entonces comenzaron a sonar los tambores de guerra de los moros, y a los infantes se les quitaron las ganas de seguir charlando.

Veneno

Empezó la batalla. El Cid contaba con menos soldados que Búcar, pero disponía de dos grandes ventajas: sus guerreros tenían más experiencia y eran más disciplinados. En pocas horas, los cristianos empezaron a imponerse. Manejaban las armas con fiereza y llenaron el campo de batalla de cuerpos mutilados y ojos en blanco. Se veían caballos sueltos por todos lados. Sus jinetes habían sido derribados, así que los animales deambulaban sin rumbo.

En el bando del Campeador, solo hubo dos guerreros que no brillaron: los yernos del Cid. Don Diego eludió el combate desde el primer momento: en lo de escabullirse, era el mejor. Don Fernando, por su parte, intentó derribar a un moro de barbas trenzadas, pero, como estaba aterrado, no acertaba en el blanco, así que daba los lanzazos en el vacío: parecía que quisiera coser el aire. El moro se reía: nunca en su vida había visto a un guerrero tan torpe. Al final se cansó y decidió acabar por las bravas con aquel absurdo espectáculo que ya se estaba alargando más de la cuenta. El lanzazo que le atizó a don Fernando fue brutal. El de Carrión logró esquivarlo, pero se quedó pálido, desencajado, muerto de miedo. Comprendió que, si quería seguir vivo, no tenía más remedio que darse a la fuga. Y eso hizo. Al ver que el cristiano huía, el moro soltó una carcajada.

—¡Venid aquí, cobarde! —le gritó a don Fernando.

Cabalgó tras él, y tardó poco en tenerlo a su alcance. Entonces, el moro bajó la lanza, apuntó hacia el cuerpo de don Fernando y se dispuso a reventarle los riñones con un lanzazo mortal. Si no remató la faena fue porque, en el último momento, ocurrió algo así como un milagro. De repente, Pedro Bermúdez salió de la nada, se dirigió hacia el moro a todo galope y, con una fiereza implacable, lo degolló con el filo de su espada. Un torrente de sangre empapó la pechera del moro.

—Ya estáis a salvo, don Fernando —dijo Bermúdez, y luego se marchó sin más por donde había venido.

Atardecía cuando el Cid logró acorralar a Búcar, el líder de los moros. El general trató de huir galopando hasta la playa, pero el Cid lo siguió, incansable. Al llegar frente al mar, el caballo de Búcar se paró en seco: lo asustaban las olas. Búcar volvió la cabeza y miró al Cid con aire fatalista. Sabía que iba a morir: así lo quería Alá. Una rara nostalgia empañó sus ojos. Al llegar junto al moro, el Cid levantó su Colada y descargó un golpe brutal. La espada entró por la cabeza de Búcar y fue bajando, veloz, por la cara, el cuello y el pecho, así que el cuerpo del moro quedó partido en dos. Su mano, ya sin vida, empezó a abrirse, y la espada de Búcar cayó sobre la arena. El Cid la recogió. Era un arma formidable: larga, de doble filo, fraguada con buen acero, y resplandecía como una llamarada. A don Rodrigo le pareció un trofeo espléndido. La espada le gustó tanto que hasta le puso un nombre. Como brillaba igual que un ascua, la llamó Tizona.

Cuando acabó la batalla, los hombres del Campeador estaban fatigados pero radiantes. Solo a don Diego y don Fernando se les veía mustios. Eran, además, los únicos que no tenían manchas de sangre en la ropa. Aun así, el Cid los felicitó por su valentía. A fin de cuentas, habían arrimado el hombro como un soldado más.

Cuando don Diego se quedó a solas con su hermano, empezó a murmurar:

—¿Qué le pasa a nuestro suegro? ¿A qué ha venido eso de felicitarnos?

—Es un cínico —respondió don Fernando—. Se burla de nosotros, ¿no lo ves?

—Un cínico y un falso. Nos pone buena cara pero está claro que nos detesta.

El enfado se les pasó por un rato cuando el Cid les entregó su parte del botín, pero los infantes volvieron a torcer el gesto cuando notaron que los caballeros de don Rodrigo se reían por lo bajo del ridículo que los dos hermanos habían hecho en la batalla. Don Diego, rojo de cólera, le dijo a don Fernando:

—¡Empiezo a cansarme de tanta risita…!

—¡Aquí no pintamos nada! ¡Volvámonos a Carrión con nuestra parte del botín!

—Es lo mejor, sí. ¿A las barraganas nos las llevamos?

"Las barraganas": así llamaban los infantes a sus mujeres.[1] Nunca las habían querido. Nunca iban a quererlas.

—Diremos que nos las llevamos con nosotros para enseñarles Carrión —propuso don Diego—, y por el camino les daremos lo que se merecen. El Cid se va a arrepentir de todos los malos ratos que nos ha hecho pasar.

Los infantes intercambiaron una sonrisa cómplice. Había veneno en sus ojos, puro veneno.

1 **barragana**: mujer indecente.

Abengalbón

Es verdad que, al principio, el Cid no había querido casar a sus hijas. Los infantes le parecían arrogantes y frívolos y pensaba que Sol y Elvira se iban a sentir desgraciadas a su lado. Pero ahora los infantes eran sus yernos. Y, como eran sus yernos, les había cobrado estima. El amor, ya se sabe, tiene mucho de costumbre. Así que, cuando los infantes le dijeron que pensaban volverse a Castilla, el Cid se apenó. Aun así, comprendió a sus yernos: a todo el mundo le gusta volver a casa. Además, en Carrión, don Diego y don Fernando podrían prosperar por sí mismos, lejos de la sombra alargada del suegro. El Cid, pues, lo organizó todo para que el viaje fuese lo más cómodo posible. Formó una comitiva de criados a fin de que sirvieran a sus hijas por el camino y les facilitó a sus yernos un par de caballos árabes ideales para viajar. Además, les regaló sus dos mejores espadas, la Colada y la Tizona.

—Las pongo en vuestras manos —dijo— con la misma confianza con que os entrego a mis hijas. Cuidad de Sol y Elvira, por favor, pues son lo que más quiero en este mundo.

Cientos de personas salieron a la calle para despedir a las hijas del Cid. Elvira y Sol se arrodillaron ante su padre con los ojos bañados en lágrimas.

—Que Dios os acompañe —dijo el Campeador—. Seguro que en Carrión os tratarán muy bien.

Las dos hermanas subieron a lomos de sus yeguas y se fueron tras sus esposos, seguidas por la impresionante comitiva de los criados. Al verlas partir, el Cid sintió un extraño hormigueo en el estómago. Fue como si el corazón le estuviera hablando con ese idioma suyo tan raro, que no está hecho de razones sino de presentimientos. De pronto, el Cid temió por Elvira y Sol. Así que llamó a su sobrino, Félez Muñoz, y le dijo:

—Toma un caballo y vete tras mis hijas. Acompáñalas hasta Carrión y luego vuelve para contarme cómo han llegado.

Félez Muñoz obedeció al instante. Le costó casi una hora alcanzar a los viajeros, pero lo consiguió.

Los infantes viajaban deprisa: parecía que tuvieran una misión urgente que cumplir. En los dos primeros días, apenas se detuvieron por el camino. Iban concentrados y silenciosos. Sus esposas notaron que no les dirigían la palabra. Es más: ni siquiera las miraban a los ojos.

Una tarde, el grupo llegó a Molina de Aragón.[1] Gobernaba allí el moro Abengalbón, un hombre comedido y alegre que era amigo del Cid desde hacía mucho. Abengalbón tenía unos cuarenta años y era alto y bien parecido, de ojos verdes. Sonreía a menudo y, cuando lo hacía, sus dientes, tan blancos, contrastaban con los rizos negrísimos de su barba. Abengalbón salió al camino a recibir a los viajeros y se mostró de lo más afectuoso. Iba muy bien perfumado. Al verlo, las hijas del Cid se sintieron de pronto en casa.

—Descansad en mi palacio —propuso Abengalbón—. Mi hogar es vuestro hogar.

---

1 **Molina de Aragón** es una población de Guadalajara que queda a mitad de camino entre Valencia y Burgos.

Don Fernando miró al moro con desprecio.

—Tenemos prisa —replicó secamente—. Preferimos no detenernos.

Pero Abengalbón no aceptaba un no por respuesta, así que los viajeros acabaron en su palacio. Elvira y Sol se bañaron en una alberca perfumada con agua de rosas y se pusieron las aljubas que Abengalbón les prestó para que estuvieran más cómodas. Cenaron cordero: sabía a gloria. Durante los postres, unas bailarinas danzaron en honor de los invitados. Llevaban cascabeles colgados de la cintura, así que, cada vez que meneaban la cadera, sonaba un tintineo. Abengalbón contó viejas historias, algunas alocadas y difíciles de creer, pero todas divertidas. Sol y Elvira se reían, encantadas. Echaban de menos a sus padres, así que agradecieron la alegría de la cena. Su corazón necesitaba cierto descanso.

—¿Cuántos días os quedáis? —dijo Abengalbón.

Antes de que las hermanas pudieran responder, don Diego contestó con brusquedad:

—Nos vamos esta misma madrugada.

El moro se apenó: adoraba al Cid y le apetecía servir bien a su familia. Pero no quiso insistir.

Antes del amanecer, pues, los infantes ya estaban en pie. Doña Elvira y doña Sol subieron a sus yeguas con cara de sueño. El viaje estaba siendo agotador.

—Voy con vosotros —anunció Abengalbón.

—¿Con nosotros? —se alarmó don Fernando—. ¿Hasta dónde?

—Hasta que salgáis de mis tierras. Mi deber es escoltaros: se lo debo al Cid.

Don Fernando miró a su hermano con cara de disgusto.

Abengalbón los escoltó, en efecto, y lo hizo a lo grande, pues acompañó a los viajeros con una comitiva formada por sus doscientos mejores caballeros. Incluso se engalanó para la ocasión, con joyas que valían una fortuna. Sus sortijas de oro relucían incluso en la noche, y los diamantes de su collar también. Don Fernando le susurró a su hermano:

—Se nota que el moro tiene dinero…

—Deberíamos cortarle el cuello y robarle todas las joyas —se rio don Diego—. La noche hay que aprovecharla para cosas así.

Tuvo mala suerte, porque un criado de Abengalbón oyó el comentario y corrió a contarle a su señor lo que habían dicho los infantes. Los ojos de Abengalbón llamearon, encendidos en cólera. El moro corrió con su caballo hasta los infantes, se les plantó enfrente y les dijo:

—¡Si no fuera porque sois yernos del Cid, os arrancaría los ojos con mis propias manos! ¿Así que habéis pensado en matarme? ¿Os parece que esa es forma de agradecer mi hospitalidad? ¡Aquí os dejo: no merecéis que os acompañe! ¡Ojalá que el buen Cid no se arrepienta de haber casado a sus hijas con dos tipejos de vuestra calaña!

Abengalbón y sus hombres, pues, volvieron grupas y se marcharon por donde habían venido. Elvira y Sol, que no entendieron nada, se sintieron de lo más confundidas. Podrían haber pedido explicaciones a sus esposos, pero no lo hicieron: las habían educado para ver y callar.

La afrenta de Corpes

Aquella mañana, los viajeros dejaron atrás el imponente peñón de Atienza y la villa de San Esteban de Gormaz.[1] Era media tarde cuando entraron en el robledo de Corpes, un bosque oscuro y húmedo, de árboles altísimos, donde el ramaje era tan denso que apenas si dejaba pasar el sol. En mitad del robledo había un vergel por el que corría un arroyo. Los infantes mandaron plantar sus tiendas a la orilla del agua. Dijeron que les apetecía hacer noche entre los árboles.

A doña Elvira y doña Sol les costó dormir, pues sonaban sin parar rumores inquietantes: el siseo de las culebras sobre la hierba, el aullido de los lobos, los ronquidos de los jabalíes que removían ansiosamente la hojarasca... Por fin, cuando se hizo de día, los infantes les ordenaron a sus criados que recogieran el campamento, cargasen las mulas y siguieran el camino. Don Fernando dijo:

—Nosotros nos vamos a quedar un rato aquí, bajo los árboles, en compañía de nuestras esposas. Ya os alcanzaremos.

El grupo, pues, dejó el bosque. Doña Sol y doña Elvira estaban intrigadas. ¿A qué venía aquello de rezagarse mientras los demás se iban? De pronto, los infantes dijeron:

—¡Preparaos, que vais a recibir el premio que merecéis!

---

1 **Atienza** se encuentra en la actual provincia de Guadalajara, mientras que **San Esteban de Gormaz** pertenece a la de Soria.

Las dos hermanas se miraron sin entender. Ni siquiera sabían del malestar de sus esposos, pues los infantes no les habían contado nunca que estaban enfadados con el Cid. Con una rabia salvaje, como si fueran animales y no personas, los infantes agarraron a sus esposas por las muñecas y empezaron a arrancarles la ropa a tirones. Luego, cuando ya las habían dejado medio desnudas, tomaron unas correas

de cuero y empezaron a azotarlas. Doña Sol y doña Elvira pidieron compasión, pero no la obtuvieron. Sus maridos las golpearon con una saña creciente. Los golpes lo mismo caían en el vientre que en el pecho, en las mejillas que en los brazos. Por más vueltas que le daban, las hijas del Cid no lograban comprender el porqué de todo aquello. Doña Elvira llegó a pedirle a don Fernando que sacara la espada y la matase de una vez.

—¡Calla, bruja! —le gritó su marido—. ¡Os merecéis estos azotes y mil más! ¿Qué se pensaba vuestro padre, que el numerito del león le iba a salir de balde?[2]

La paliza duró cerca de una hora. Los infantes no solo azotaron a sus esposas con las cinchas,[3] sino que las patearon con las espuelas. Las dos muchachas quedaron empapadas en sangre. Tenían el cuerpo en carne viva. En cierto momento cesaron de llorar e incluso de moverse. Entonces, don Fernando dijo:

—Dejémoslas: están muertas. Los lobos harán el resto del trabajo. En cuanto huelan la sangre, vendrán a comerse los cadáveres.

---

2 **de balde**: gratis.

3 **cincha**: correa.

Un sombrero en el agua

Félez Muñoz, el sobrino del Cid, estaba intranquilo. Por no llevarles la contraria a los infantes, había seguido el viaje con el resto del grupo, pero, mientras cabalgaba, volvía la cabeza cada dos por tres. Se sentía inquieto. ¿Dónde estaban los de Carrión? ¿Por qué se habían quedado en el robledo? Aquel bosque no era un lugar precisamente agradable... Félez Muñoz se dijo a sí mismo que no podía seguir adelante. Tenía que salir de dudas lo antes posible. Así que tiró de las riendas. Y, en cuanto el caballo se detuvo, le hizo dar media vuelta.

Antes de entrar de nuevo en el robledo, descabalgó y ató el caballo a un árbol: le pareció que era mejor hacer el resto del camino a pie, pues así llamaría menos la atención y podría esconderse fácilmente si hacía falta. Llevaba andando cosa de media legua cuando empezó a oír un rumor de caballos. Entonces se ocultó tras unos árboles. Desde allí, distinguió a los infantes. Llevaban los caballos al paso y charlaban animadamente.

—¡Ahí se quedan esas dos barraganas! —decía don Diego.

—¡Nunca debimos tomarlas por esposas! —exclamó don Fernando.

—¡Son las hijas de un don nadie! ¡No están a nuestra altura!

Félez Muñoz se estremeció: aquello no pintaba bien. En cuanto los infantes pasaron de largo, abandonó su escondite y siguió adelante, bosque adentro. Al poco, alcanzó el vergel donde habían acampado aquella noche. Cuando vio a sus primas, Félez Muñoz se llevó las manos a la cabeza. Sería imposible describir el horror que sintió. Las dos hermanas estaban al pie de un roble, casi desnudas, maceradas a golpes, cubiertas de sangre. Félez Muñoz corrió hacia ellas.

—¿Qué os han hecho, primas, qué os han hecho? —decía.

Ni Elvira ni Sol respondieron. «Las han matado», se dijo Félez Muñoz, y se le llenaron los ojos de lágrimas. De pronto se sintió culpable. ¿Cómo se le había ocurrido dejar a sus primas a solas con los infantes? El Cid le había pedido que las cuidara, y él no había sabido cumplir su misión… Se arrepentiría durante el resto de su vida. Nunca, por más tiempo que pasara, podría superar aquella desgracia.

—Agua, por piedad —oyó de pronto.

Era doña Elvira. ¡Había despertado! Hablaba con un hilo de voz, pero estaba viva. Al oírla, también doña Sol abrió los ojos. Con voz tristísima, sin apenas fuerzas, murmuró:

—¿Qué les hemos hecho para que nos traten así?

Félez Muñoz corrió hacia el arroyo. A falta de algo mejor, usó su sombrero para hacerse con un poco de agua. Acababa de estrenarlo y se le iba a estropear, pero no le importó: la vida de sus primas valía mil veces más que el mejor sombrero del mundo. Tras llenarlo de agua, Félez Muñoz volvió junto a las hermanas y les dio de beber. Doña Elvira gemía. Doña Sol tiritaba de frío. Las dos estaban desorientadas: trataban de entender y no entendían. Félez Muñoz las ayudó a ponerse en pie y a dar los primeros pasos. Cuando salieron del bosque, estaba oscureciendo.

Una carta

El Cid recibió la noticia a las puertas del alcázar. Le contaron que los infantes habían apaleado a Elvira y Sol y que después las habían abandonado en medio de un bosque. Su primera reacción fue de incredulidad. Aquello no podía ser, no tenía ningún sentido, era inconcebible... Pero los hechos quedaron confirmados de la forma más atroz a los pocos días, cuando las hijas del Cid volvieron a Valencia. Venían amoratadas, encogidas, con la cabeza gacha, cubiertas de heridas, destrozadas por dentro y por fuera. Al verlas, el Cid lloró. Quiso besarlas, pero se contuvo, por miedo a hacerles daño con el roce de sus labios. Sintió dolor, angustia, rabia. Aquello, en buena medida, era culpa suya. Nunca tendría que haber casado a sus hijas con los infantes. Había aceptado las bodas en contra de su propia voluntad, tan solo por contentar al rey. Había sido débil, y ahora pagaba por su debilidad.

Aquel día, el Cid se encerró en su despacho a escribir una carta. Fueron tan solo siete líneas, en las que denunciaba la afrenta de Corpes, se declaraba manchado en su honor y pedía, cómo no iba a pedirlo, que se le hiciera justicia. Cuando acabó, dobló la carta y se la entregó a Muño Gustioz.

—Llévala a Burgos —le dijo—. Es para el rey.

Un corazón herido

A don Alfonso, la carta del Cid lo dejó boquiabierto. ¿De verdad los infantes habían cometido aquella barbarie? ¿De verdad habían golpeado a sus esposas y las habían dejado a merced de los lobos? El Cid pedía que don Alfonso celebrara unas vistas para hacerle pública justicia, y al rey lo conmovió aquella petición. Cualquier otro que hubiera estado en el lugar del Cid habría salido en busca de los infantes y los habría estrangulado con sus propias manos. Vengarse por uno mismo era lo habitual. En cambio, el Cid pedía justicia a su rey. Era sin duda un hombre singular, distinto al resto, hecho de otra pasta. Nunca en Castilla había nacido un caballero así. Don Alfonso casi lo envidiaba.

Por supuesto, hubo vistas. El rey dispuso que serían en Toledo, y se celebraron dos meses después de la afrenta de Corpes. Todos los nobles de Castilla estuvieron obligados a acudir: si no aparecían, serían castigados con el destierro. La junta se reunió en el salón principal del palacio de Galiana, un edificio árabe levantado a orillas del Tajo. El lugar era bellísimo, pero el día en que se celebraron las vistas nadie le prestó atención. Había demasiada tirantez en el ambiente para fijarse en los arcos de herradura del palacio y en los hermosos azulejos que cubrían sus paredes.

El Cid llegó a Toledo acompañado por sus cien mejores caballeros. Sobre la camisa, cerrada con broches de oro, se había puesto una piel del color de la sangre que le daba un aire feroz. Llevaba la cabeza cubierta con un capillo[1] de hilo y se había atado la barba con un cordón. Eran dos precauciones sabias con las que quería evitarse que alguno de los enemigos que tenía en Castilla le tirase de los cabellos o de las barbas para humillarlo, como se hacía tan a menudo en aquel tiempo. Toda su persona tenía, aquella mañana, un aire de desafío. La barba recogida y el cabello cubierto le daban un aspecto estirado y compacto. Más que un hombre, parecía el asta de una lanza, el tronco de un roble, el mástil de un barco.

El Cid ocupó un escaño[2] labrado en madera de nogal. A su alrededor, de pie, quedaron sus caballeros, con actitud vigilante. Ni pestañeaban. Enfrente se hallaban los infantes y sus partidarios, que cuchicheaban sin parar. No había que ser muy despierto para darse cuenta de que estaban hablando mal del Cid. El conde García Ordóñez se había sentado justo detrás de los infantes. Alto, pálido, esbelto, esquinado a la vez por dentro y por fuera, miraba al Campeador con soberano desprecio. Odiaba al Cid desde siempre, así que había acudido a las vistas para ayudar a los infantes en todo lo que pudiera. En el centro, a media distancia entre los dos bandos, se sentó el rey. Había tensión en la sala. El silencio casi se podía tocar.

Don Alfonso miró hacia el Cid y dijo:

—Haced vuestra demanda, Campeador.

El Cid se levantó poco a poco, caminó hasta situarse delante del rey y luego declaró con voz grave:

—No hay peor pecado que la ingratitud.

---

1 **capillo**: gorro en forma de capucha.

2 **escaño**: asiento en el que caben varias personas, como en los bancos actuales.

Hizo una pausa y miró a sus yernos, que rehuyeron sus ojos. Los infantes se sentían animados, pues contaban con muchos partidarios en el salón. Ellos representaban a la vieja nobleza, la que siempre había mandado en Castilla. El Cid, en cambio, no era más que un advenedizo[3] al que nadie iba a escuchar. Le faltarían los apoyos, porque los nobles de verdad lo despreciaban.

—Insisto —dijo el Cid—: no hay peor pecado que la ingratitud. Los infantes de Carrión así me lo han demostrado, pues han pagado mi afecto, que siempre fue sincero, con la moneda de la mala fe. Vengo aquí con el honor manchado y el corazón herido. Dios quiera que estas vistas sirvan para que Su Majestad me haga justicia.

El rey asintió con la cabeza, y el Cid humilló la frente en señal de respeto.

—Cuando los infantes salieron de Valencia —dijo entonces—, les regalé mis dos mejores espadas, la Colada y la Tizona. Son dos armas valiosas, y no solo en precio. Las estimo, sobre todo, porque las gané batallando, y no mercadeando en una feria. Después de lo que ocurrió en Corpes, exijo a los infantes que me devuelvan mis espadas.

Don Diego y don Fernando saltaron de sus asientos.

—¡Esas espadas son nuestras! —protestó don Diego.

—¡Los regalos no se devuelven! —alegó don Fernando.

El rey miró a los infantes sin expresar emoción alguna.

—La demanda del Cid es justa —sentenció.

Los infantes no podían creérselo. Por nada del mundo pensaban devolver las espadas. Si el Cid necesitaba armas, que las

---

3 **advenedizo**: recién llegado, intruso.

buscase en otro sitio. Pero, justo detrás de los infantes, el conde García Ordóñez susurró:

—Entregad las espadas. El Cid quedará satisfecho con eso y las vistas acabarán de inmediato.

—¡Pero las espadas son nuestras…! —dijo don Fernando.

Al final, los infantes dieron su brazo a torcer. Estaban hartos de aquel circo y deseaban que acabase lo antes posible. No llevaban las espadas encima, por supuesto, pero mandaron que se las trajeran y las dejaron delante del Cid.

—Esto ya se ha acabado, ¿verdad? —dijo entonces don Diego.

Antes de que don Fernando pudiera responder, el Cid alzó de nuevo la voz.

—Cuando los infantes salieron de mi palacio en Valencia —dijo entonces—, no solo les entregué mis espadas más queridas. Añadí, además, tres mil marcos en oro y plata. Reclamo, pues, que el dinero me sea devuelto.

Los infantes protestaron, manotearon, gruñeron. Pero su rabia cayó en saco roto, porque el rey no movió ni un músculo. Su cara era una obra maestra de la impasibilidad. Con voz firme y solemne, don Alfonso dijo:

—La demanda del Cid es justa. Hay que devolverle el dinero.

Don Diego y don Fernando apretaron los puños.

—¡No podemos hacer eso! —dijo don Fernando.

—¿Por qué? —preguntó el rey.

—Porque no tenemos el dinero —aclaró don Diego y, luego, bajando la cabeza, confesó—: nos lo hemos gastado.

Una exclamación de asombro recorrió el salón. ¿De verdad los infantes habían dilapidado tres mil marcos en tan poco tiempo? Viendo el escándalo que se formaba, don Diego aclaró:

—Hemos invertido el dinero en cosas que necesita todo caballero de alto rango: camisas de seda, caballos, sortijas…

—Entonces, ¿cuál es el problema? —quiso saber el rey—. El Cid puede aceptar como pago los caballos y las joyas que habéis comprado…

El Campeador asintió.

—Acepto el pago en especies[4] —dijo—, siempre que se me pague aquí y ahora.

A los infantes, pues, no les quedó más remedio que saldar su deuda en aquel mismo instante. Para hacerlo, les pidieron a sus partidarios que les prestasen todas las cosas de valor que pudieran. A las puertas del palacio empezaron a amontonarse caballos, yeguas, sillas de montar, tahalíes[5] de cuero, anillos de oro, espadas de acero, yelmos relucientes… El conde García Ordóñez entregó sus espuelas guarnecidas y el collar de oro blanco que llevaba puesto. La montaña de tesoros crecía sin parar. Los infantes rabiaban. Aquellos bienes eran un préstamo, y tendrían que devolverlos o pagar por ellos. Pasaría una eternidad antes de que pudieran reunir el dineral que costaban.

Cuando se entendió que el valor de los bienes aportados montaba tres mil marcos, el rey le preguntó al Cid:

—¿Os dais por satisfecho?

El Cid permaneció en silencio unos segundos.

—No, Majestad —contestó luego con voz calma.

Los infantes volvieron a hacer aspavientos.

—¡Le hemos devuelto todo lo que nos regaló! —exclamó don Diego.

---

4 **pago en especies**: el que no se hace con dinero sino entregando objetos valiosos.

5 **tahalí**: tira que se cruza sobre el pecho y sirve para llevar colgada la espada.

—¡Ya no le debemos nada! —gruñó don Fernando.

El Cid elevó entonces su voz hasta convertirla en una especie de trueno.

—Me queda una demanda y es la mayor de todas —dijo—. Quiero saber por qué los infantes maltrataron a mis hijas. Si no las queríais, ¿por qué os las llevasteis? ¿Qué mal os hice, perros traicioneros, para que me desgarraseis el corazón? ¡Derramasteis la sangre de mis hijas, o sea que es justo que yo derrame la vuestra! ¡Os desafío, infantes! ¡Lucharemos espada contra espada, y os haré pagar bien cara vuestra traición!

Esta vez, los infantes se quedaron mudos. Callaban porque estaban aterrados. La idea de enfrentarse en un duelo contra el Cid ni siquiera se les había pasado por la cabeza. Si luchaban contra él, morirían seguro. El conde García Ordóñez, al verlos tan abrumados, se levantó de golpe y dijo:

—Majestad, don Diego y don Fernando son hombres de alta cuna, así que no podían conformarse con tener por esposas a las hijas de un simple infanzón. ¿Qué tiene de extraño que las abandonaran? ¡El Cid quiere ser más que nosotros! ¡Pretende avasallarnos, Majestad! ¡Pero si hasta se ha recogido la barba para meternos miedo…!

—¿Qué tenéis en contra de mi barba, señor conde? —rugió el Cid—. La llevo con el mayor orgullo, pues nunca ha sido mesada por nadie.[6] Por desgracia, vos no podéis decir lo mismo…

El comentario del Cid, afilado como un dardo, acertó donde debía. García Ordóñez sabía muy bien a qué se refería el Campeador. Muchos años atrás, los dos se habían enfrentado en tie-

6 Tirarle a alguien de las barbas, o *mesárselas*, como se decía en la época, se consideraba un insulto grave.

rras de Córdoba y don Rodrigo había vencido. Al final de la refriega, el Cid le había mesado las barbas al conde. A García Ordóñez todavía le escocía aquel recuerdo. Era una herida sin cerrar. Lo abochornaba tanto que el conde enmudeció.

—¡Basta ya, Campeador! —dijo entonces el infante don Fernando—. ¿Acaso no habéis oído al conde? ¡Los de Carrión somos gente ilustre! ¡Deberíamos habernos casado con las hijas de un rey! ¡Elvira y Sol son una deshonra para nuestro linaje!

—¡Mientes, maldito don Fernando! —replicó Pedro Bermúdez, el sobrino del Cid. Estaba tan furioso que, por una vez en la vida, no tartamudeó al hablar en público—. ¡Sois vosotros los que habéis deshonrado a mi tío con vuestra cobardía! Recuerdo muy bien cómo te escondiste bajo un escaño el día en que el león se escapó. ¡Y que tu hermano chillaba como una rata! ¡Te desafío, Fernando! ¡Lucharemos cara a cara, y te haré confesar que eres un cobarde!

—¡Y yo te desafío a ti, don Diego! —añadió enseguida Martín Antolínez—. ¡Pondré el filo de mi espada contra tu garganta por haber deshonrado a doña Elvira y doña Sol!

Un enorme silencio se adueñó del salón. Los infantes tenían que responder al reto, pero eran demasiado cobardes para hacerlo. Sabían que, si se enfrentaban a Bermúdez y Antolínez, no escaparían con vida. De pronto, alguien dijo:

—Señores de la corte, ¿a qué vienen estas vistas?

Todo el mundo volvió los ojos hacia la puerta del salón, donde estaba el que había hablado. Era un hombre maduro de nariz abombada y ojos asimétricos. Tenía la boca torcida, y no le quedaba más que un único diente, un colmillo verdoso y arqueado que le daba un aire miserable a su rostro. El hombre acababa de entrar en el salón. Se llamaba Asur González y era tío de don Diego y don Fernando. Se notaba desde lejos que, antes de acudir a las vistas, había estado bebiendo vino en la taberna, pues traía las mejillas coloradas y arrastraba su brial[7] como se arrastra una cola de novia. Su voz sonó correosa cuando dijo:

—¡Ya está bien de perder el tiempo con el maldito Ruy Díaz! ¡Que se vaya a Vivar a cuidar de sus puercos! ¡Si mis sobrinos apalearon a sus hijas fue porque se lo merecían! ¡A las barraganas hay que tratarlas a palos!

Un terremoto de cólera se desató entre los hombres del Cid. Si no sacaron las armas fue porque no las llevaban encima, ya que, por precaución, se había establecido que todos los presentes se desarmaran antes de entrar en el palacio. Muño Gustioz se adelantó. Era uno de los mejores guerreros del Cid y adoraba a su capitán. Estaba tan asqueado por lo que acababa de oír que se plantó ante don Asur y, con los dientes apretados, le dijo:

—¡Lo que acabas de decir es imperdonable! Pero ¿qué se puede esperar de un borracho? ¡Te reto a luchar conmigo, Asur González! ¡Vas a pagar tus infamias al precio más alto!

El rey comprendió que había que calmar las aguas. Porque, si la tensión seguía aumentando, aquellas vistas acabarían en un baño de sangre. Pero, justo cuando iba a decir algo, dos caballeros entraron en el salón. Andaban por los treinta años e iban magníficamente vestidos. Nadie los esperaba. Es más: nadie sabía quiénes eran. Con perfecta sincronía, como si cada uno fuera el reflejo del otro, los dos se detuvieron ante el rey y le hicieron una reverencia. Dijeron que venían del norte. Cada uno había

7 **brial**: faldón que llevaban los hombres de armas, y que les cubría desde la cintura hasta por encima de las rodillas.

viajado hasta Toledo por su cuenta, pero habían coincidido al entrar en la ciudad. Curiosamente, los dos venían a lo mismo: a traerle una carta al rey.

Don Alfonso tomó las cartas y las leyó rápidamente. Cuando volvió a alzar la cabeza, sonreía.

—Estos dos caballeros —explicó— han venido a cumplir una importante misión. Uno viene de parte del príncipe don Ramiro de Navarra y el otro de parte del infante don Sancho, heredero del trono de Aragón. Están aquí para pedir, en nombre de sus respectivos señores, la mano de doña Sol y doña Elvira.

Un murmullo de asombro recorrió el salón. La noticia era fabulosa. ¡Dos príncipes pretendían a las hijas del Cid! Los hombres del Campeador se abrazaron. Los partidarios de los infantes, por el contrario, gruñeron. ¡Pero si don Rodrigo era un infanzón...! ¿Qué tipo de príncipe se interesa por las hijas de un infanzón?

El Cid, moderado como siempre, se levantó, inclinó la cabeza ante el rey y dijo con humildad:

—Sería un altísimo honor aceptar las bodas, pero solo si Su Majestad las ve con buenos ojos.

El rey sonrió, encantado.

—Prudente Campeador —dijo—, os ruego que aceptéis los dos casamientos, pues compensarán como es debido la deshonra con que os han manchado.

Álvar Fáñez, loco de alegría, les soltó a los infantes:

—¡Ya veis lo que son las cosas, señoritos de Carrión! ¡Ahora tendréis que besar la mano de doña Elvira y doña Sol aunque no queráis, porque algún día serán reinas!

—Conteneos, don Álvaro —avisó el rey, que enseguida añadió—: Es hora de cerrar las vistas. El Cid ha venido a exigir que se repare su honor dañado. Así que dispongo que, a tal fin, se libren los tres retos que se han lanzado entre estas cuatro paredes: el de Pedro Bermúdez con don Fernando, el de Martín Antolínez con don Diego y el de Muño Gustioz con don Asur González. La lid[8] tendrá lugar mañana al alba. Dios, como siempre, dará la victoria a quien la merezca.

—Pero ¡no podemos luchar mañana! —protestaron los infantes—. ¡No tenemos caballos! ¡Ni armas! ¡El Cid nos lo ha quitado todo!

Por una vez en la vida, lo que decían los infantes no era una simple excusa. Ciertamente, carecían de armas con las que luchar. El rey, pues, dispuso que la lid tendría lugar en tres semanas y que se disputaría en las vegas de Carrión, la tierra de don Diego y don Fernando, donde los infantes podrían armarse debidamente. Tras oír aquello, el Cid se levantó, se despojó de su blanco capillo, se soltó la barba y le dijo al rey:

—Majestad, yo debo regresar a Valencia, pues no me conviene dejar sola una plaza que los moros codician tanto. Dejo el desafío en manos de mis tres campeones.[9]

El Cid abandonó el palacio con paso firme. Podía sentirse orgulloso, sin duda, pues había llegado a Toledo con todo en contra y ahora saldría de la ciudad con la victoria en la mano. Le había ocurrido en las vistas igual que en las batallas.

8 **lid**: combate, lucha.

9 **campeón**: guerrero que lucha en un desafío en nombre de otro.

Tres duelos

Pasaron tres semanas. Llegó por fin el día del desafío. En las vegas de Carrión, el cielo amaneció turbio. El aire olía a tormenta. Martín Antolínez, Muño Gustioz y Pedro Bermúdez se cubrieron con sus cotas de malla y prepararon las armas. Luego, montaron a caballo y partieron hacia el lugar del combate. Justo cuando llegaban, el sol abrió de pronto una brecha de luz entre las nubes. Fue como si un rayo rompiera las tinieblas. Parecía un buen presagio. Los tres hombres del Cid sonrieron. Tenían que vencer: el Campeador lo merecía.

El palenque[1] era un hervidero. Se había reunido muchísima gente y se veían ojos curiosos por todas partes. El rey, sentado en el estrado, dominaba por completo el campo de batalla. De pronto alzó una mano y anunció con voz solemne:

—Las reglas son claras: cada guerrero luchará contra el hombre al que desafió, y la victoria será para quien logre abatir a su adversario o expulsarlo del palenque.

Los seis caballeros montaron a caballo y ocuparon sus puestos: tres quedaron a un lado y tres enfrente. Martín Antolínez se santiguó. Pedro Bermúdez rezaba a media voz. Muño Gustioz apretó a la vez los dientes y los puños, en un gesto fiero que usaba siempre para darse ánimos a sí mismo.

---

1 **palenque**: terreno que se vallaba para celebrar dentro una lucha o desafío.

Un paje hizo sonar su clarín: la batalla empezaba. El conde García Ordóñez, que estaba entre el público, animó a los infantes:

—¡Matad a esos tres bastardos! —les gritó.

Don Fernando empezó bien. Galopó hacia Pedro Bermúdez y estrelló la punta de su lanza contra el escudo de su adversario, que reventó con una vistosa explosión de astillas. Pero le falló justamente el exceso de fuerza. El golpe fue brutal, y don Fernando era tan poca cosa que no pudo resistir el impacto y cayó de la silla, de espaldas. Ya en el suelo, empezó a gritar de dolor. Debía de haberse partido algún hueso. Pedro Bermúdez bajó de su caballo, se acercó a pie a don Fernando y desenvainó la Tizona. Cuando el infante notó el filo de la espada en la garganta, dijo casi sin fuerzas:

—Me rindo. Confieso que soy un cobarde.

Mientras tanto, Martín Antolínez atacaba con la Colada a Diego de Carrión, que esquivaba los golpes con más suerte que destreza. La Colada iba y venía, ligerísima. Una de las cuchilladas, llena de furia, cayó desde arriba, justo en la cabeza de don Diego, y le cortó el yelmo por la mitad. De haber ahondado un poco más, le habría partido el cráneo, pero se detuvo justo sobre la superficie de la piel, así que se limitó a dividir en dos la cabellera de don Diego, justo por la mitad. El infante se quedó pálido. Comprendió que el siguiente golpe podía ser mortal y que a un golpe mortal nadie sobrevive. Entonces dijo a media voz:

—¡Me rindo!

—Eso no basta, don Diego —replicó Martín Antolínez—. ¡Decid que os avergonzáis de haber apaleado a vuestra esposa!

—Me avergüenzo, señor —lloriqueó don Diego—. No fui un esposo digno para doña Sol.

En el bando de Carrión, quien presentó más batalla fue don Asur González. No era un hombre robusto, pero arremetía con brío. Y, como aquel día no andaba borracho, esquivaba bien los golpes. Tenía buenos reflejos. Su lanza tocó varias veces el cuerpo de Muño Gustioz, aunque no llegó a agujerearle la cota de malla.

—¡Vas a morder el polvo! —gruñía don Asur.

Falló, justamente, por exceso de confianza. Como no dudaba de su victoria, don Asur acabó por arriesgarse más de la cuenta. Y lo pagó caro. En un descuido, Muño Gustioz le clavó la lanza en el pecho. Don Asur soltó un gemido. Trató de levantarse y le fallaron las fuerzas. El arma de su rival entró tan adentro que por la espalda de don Asur asomaron dos palmos de lanza.

—¿Os rendís? —rugió Muño Gustioz.

Don Asur no pudo responder. Le costaba respirar. Tenía los ojos idos. Hizo un esfuerzo por ponerse en pie y cayó de nuevo al suelo, inconsciente. El triple duelo había concluido.

—Dios nos ha hablado —dijo entonces el rey, levantándose de su asiento—. Y acaba de decirnos que el Cid tenía razón en sus demandas. Los de Carrión fueron injustos con él, así que mi deber es castigarlos. Exijo que los infantes, lo mismo que su tío don Asur y su principal valedor, el conde García Ordóñez, abandonen el reino de Castilla antes de nueve días. Que paguen con el destierro todos los males que han causado.

Tierra quemada

Pocos días después de que sus tres campeones regresaran, el Cid casó a sus hijas en la catedral de Valencia. Doña Elvira y doña Sol estaban radiantes. Los infantes de Carrión ya no eran más que una penosa sombra del pasado. Valencia entera vibró con la felicidad del Cid y de su familia. El Campeador se hallaba en la cima de su gloria. Gracias a aquellas bodas, estaba emparentando con las casas reales de Navarra y Aragón, así que los futuros reyes de España llevarían en las venas la sangre del Cid.

Pasó algún tiempo. Una mañana de julio, Valencia amaneció envuelta en una espesa humareda. El Cid subió al torreón más alto del alcázar y, al mirar alrededor, vio fuego por todas partes. El incendio lo estaban provocando unos soldados moros. Cabalgaban sobre los trigales y los huertos de naranjos y les pegaban fuego con antorchas, entre gritos de alegría. Parecían felices en la destrucción.

—Es Yusuf —dijo el Cid—. Ha vuelto.

Era Yusuf, sí. No lograba quitarse Valencia de la cabeza, así que había regresado para recuperar la ciudad. Venía con un ejército de más de cien mil guerreros y, para dejar claro que esta vez no tendría piedad, ordenó a sus soldados que llegaran arrasando. Los incendios ennegrecieron buena parte del paisaje que se veía desde Valencia. Cuando las llamas empezaron a apaciguarse, el ejército acampó frente a la ciudad. Su campamento era gigantesco. Visto desde el alcázar, impresionaba. Por las noches, cuando los soldados encendían fuego para matar el frío, sus hogueras eran tan numerosas como las mismas estrellas que poblaban el cielo.

Los hombres del Cid quisieron salir a luchar. Pero a don Rodrigo le pareció que presentar batalla era una temeridad casi suicida. Nunca en España se había visto un ejército tan grande como el de Yusuf. Cien mil soldados eran muchos soldados. Al Cid lo atormentaban las dudas. ¿Era mejor luchar o ser cauto? De noche, los pensamientos no le dejaban dormir. De repente, una madrugada oyó una voz que decía:

—¿Duermes, Rodrigo?

Al principio, creyó que estaba soñando. Pero pronto se dio cuenta de que la voz no había sonado en su mente sino en el mundo real. El Cid abrió los ojos y se incorporó. Frente a la cama, vio a un anciano de barbas muy blancas. Flotaba sobre el suelo en medio de un intenso resplandor. Pasmado de asombro, casi sin aliento, don Rodrigo dijo:

—Sois San Pedro, ¿verdad?

Era San Pedro, sí, el guardián que abre y cierra las puertas del cielo. El Cid lo había reconocido por las llaves que llevaba en la mano. San Pedro explicó que había venido a decirle algo importante. El Cid se estremeció.

—¿Voy a morir? —preguntó.

San Pedro miró al Cid con ternura.

—Dios te quiere a su lado, sí —dijo en un susurro.

—¿No puedo despedirme de los míos?

—Por supuesto que puedes. No dejarás este mundo hoy mismo. Dios te llevará consigo en treinta días.

El Cid se quedó pensativo. Tras guardar silencio unos instantes, dijo:

—¿Y Dios está contento conmigo?

—Claro que lo está. Por eso mismo, quiere darte el privilegio de que venzas a tus enemigos una última vez.

—¿Voy a vencer a Yusuf? ¿Cuándo?

San Pedro sonrió con dulzura antes de decir:

—Cuando ya estés muerto.

—¿Cuando ya esté muerto? —se pasmó el Cid—. Pero ¡eso no es posible!

—Para Dios, todo es posible. Escúchame bien, Rodrigo, porque voy a contarte todo lo que deben hacer los tuyos para que tu última victoria sea posible…

Un rostro helado

A la mañana siguiente, el Cid despertó con fiebre, así que se quedó en la cama todo el día. Poco a poco, empezó a debilitarse. Le temblaban las manos. Perdió el color de la cara. Su respiración se volvió difícil y ruidosa. Jimena llamó a los médicos para que examinaran a su marido, pero los médicos no lograron ponerse de acuerdo en lo que tenía. Unos recomendaban sangrías[1] y otros un cambio de aires. De los remedios que usaron para bajarle la fiebre, ninguno funcionó.

Durante las tres semanas siguientes, el Cid siguió apagándose. Veintinueve días después de la visita de San Pedro, le dijo a su esposa:

—Llama a Minaya y a los demás. Quiero despedirme.

Jimena rompió a llorar. Con el alma destrozada, salió del aposento y fue en busca de Álvar Fáñez y Pedro Bermúdez, de Martín Antolínez y el obispo don Jerónimo. Los cuatro entraron en el cuarto del Cid con gesto triste.

—Cuando me muera —les dijo don Rodrigo—, quiero que hagáis lo siguiente…

El Cid repitió con todo detalle las instrucciones que le había dado San Pedro para impedir que Yusuf se hiciera con Valencia.

---

1 **sangría**: 'práctica médica que consistía en cortar una vena y dejar salir cierta cantidad de sangre'. La sangría era muy usada antiguamente porque se suponía que mejoraba al enfermo.

Cuando acabó, pidió quedarse a solas con el padre Jerónimo, pues quería confesarse: su tiempo se acababa y convenía poner el alma en paz con Dios. El padre Jerónimo salió de la alcoba del Cid cuando ya atardecía. Las golondrinas chillaban sobre los campos. El crepúsculo teñía de naranja los muros de la alcoba. Jimena entró de nuevo a ver a su esposo y lo encontró dormido. Se sentó en la orilla de la cama, agarró al Cid de la mano y comenzó a hablarle en susurros, como si don Rodrigo pudiera oírla. Le contó el amor que le tenía, lo feliz que había sido a su lado, lo orgullosa que estaba de las hijas que habían tenido juntos. Y, así, hablando en voz bajita, rota por el dolor, feliz y desdichada al mismo tiempo, también Jimena acabó por dormirse.

Era medianoche cuando, de repente, abrió los ojos. Había tenido un mal presagio, la sensación terminante de que algo no andaba bien. En la ventana brillaba la luna, amarillenta y mortecina. Jimena miró al Cid y lo notó cambiado. Le puso una mano en la mejilla y no sintió calor alguno: su cara estaba helada. Le buscó el pulso en la muñeca y no se lo encontró. Cuando se detuvo a observar su pecho, comprendió que su marido ya no respiraba.

La última batalla

Fueron horas difíciles. Jimena besó cientos de veces la cara de su esposo, hasta dejársela bañada en lágrimas. No podía creerse que el Cid hubiera muerto. Sin él, se sentía incapaz de levantarse, de salir de aquel cuarto, de sobrevivir. Pero no podía desfallecer. Tenía que seguir adelante, para ser leal a aquel guerrero admirable que siempre había apreciado más la honra que la vida. El Cid había dejado instrucciones claras sobre lo que había que hacer tras su muerte, y Jimena se dispuso a cumplirlas. Lo principal era que Yusuf no se enterase de que don Rodrigo había muerto. Porque, si se enteraba, se crecería y, si se crecía, Valencia sería derrotada.

Fue el obispo don Jerónimo quien se encargó de embalsamar el cadáver. Cuando acabó, el Cid parecía vivo de nuevo. Tenía los ojos abiertos, el porte erguido y la mirada intensa de las personas que piensan deprisa. Pedro Bermúdez y Martín Antolínez se encargaron de ponerle la loriga y el yelmo y de subir el cadáver a lomos de Babieca. Para que no cayese, lo ataron por la cintura a la silla de montar. En la mano, le pusieron la Tizona, que relumbraba como una lengua de fuego. Para que la espada permaneciera siempre en alto, inmovilizaron el brazo del Cid con una tablilla.

Los soldados de Yusuf llevaban ya más de un mes a las puertas de Valencia. Andaban desconcertados. Se preguntaban por qué el Cid no salía a batallar. Si era tan valiente como se decía, ¿cómo es que no tomaba las armas de una vez? ¿Acaso había perdido la confianza en sí mismo? Alguien, en el campamento, especuló con que el Cid estaba enfermo. El rumor saltó de boca en boca, de corrillo en corrillo, de tienda en tienda. Se dijo que la enfermedad era grave, que el Cid no volvería a luchar, que al Campeador le fallaban las fuerzas... No eran más que rumores, pero se contaban sin vacilaciones, como si reflejaran una verdad indiscutible. Cuando empezó a decirse que el Cid estaba muerto, entre los hombres de Yusuf se desató la euforia. Porque si el Cid estaba muerto, la victoria sería coser y cantar.

Un día, a media mañana, se oyó en la llanura un cuerno de guerra. El sonido venía del interior de la ciudad, y solo podía significar una cosa: que los del Cid estaban a punto de presentar batalla. Yusuf y sus soldados corrieron a armarse. Rezumaban confianza. Estaban convencidos de que Valencia iba a ser suya al fin. Sonó un lento chirrido: las puertas de la ciudad empezaban a abrirse. Yusuf apretó los dientes. Sus soldados alzaron los escudos.

Entonces, bajo al arco de piedra, apareció de pronto lo que ya nadie esperaba ver. Robusta, decidida, precisa, aterradora, asomó la figura del Cid. Venía montado en su Babieca, miraba a la lejanía con ojos feroces y mantenía la Tizona bien en alto, apuntando hacia el cielo. A los guerreros de Yusuf se les desencajó el rostro. Se quedaron pálidos. Les castañetearon los dientes. ¡El Cid seguía vivo! ¡Iba a luchar! El miedo comenzó a propagarse por el campamento, a saltar de alma en alma, y hasta los soldados más veteranos se espantaron. Muchos salieron corriendo en desbandada hacia la playa. Trataban de subir a toda prisa

en los barcos, y, en el caos del abordaje, algunos hombres murieron pisoteados por sus propios compañeros o cayeron por la borda y se ahogaron. Los cristianos aprovecharon aquel terror colosal para imponerse. Al mediodía, bajo un sol de justicia, Martín Antolínez dio muerte a Yusuf. Le atravesó el pecho con su lanza, y el rey cayó al suelo con los ojos en blanco.

De esa manera fue como el Cid ganó su último combate. Y lo ganó después de muerto, porque así lo quiso Dios.

Pisadas en la nieve

El Cid volvió a Castilla después de muerto. Su cadáver embalsamado salió de Valencia a lomos de Babieca y acabó en la iglesia del convento de San Pedro de Cardeña, al que don Rodrigo siempre le había tenido mucha estima. Quedó expuesto a un lado del altar, cubierto con su loriga, sentado en una silla de roble, de alto respaldo y muy bien tallada, que parecía digna de un rey. Llevaba la Tizona colgada del cinto y apoyaba su mano en el pomo de la espada.

Todos los días acudían curiosos a mirar el cadáver. Les asombraba lo bien que se conservaba el Cid. Su piel seguía teniendo el color de la vida y sus manos transmitían una impactante sensación de fuerza.

Una mañana de invierno, pasó por Cardeña un zapatero que volvía a Burgos después de un viaje por el sur. Era judío, así que no pisaba nunca las iglesias, pero, al acercarse a San Pedro de Cardeña, decidió entrar en la capilla. Había oído hablar miles de veces del cadáver del Cid y sentía curiosidad. La gente se hacía lenguas de lo bien embalsamado que estaba. Decían que era un prodigio digno de verse.

Dentro de la iglesia reinaba un denso silencio. Era temprano y la capilla estaba vacía. El judío se acercó al Cid y quedó impresionado. El cadáver tenía un color saludable. Su mirada parecía capaz de ver. La mano permanecía tensa sobre el pomo de la espada. Su mentón levantado desafiaba al que pasaba por delante. Una vena sobresalía en la sien, y se habría dicho que aún circulaba sangre por su interior. El cuerpo entero parecía vivo. Pero lo que más llamó la atención del judío fue lo larga que llevaba el Cid la barba. Le caía sobre el pecho lo mismo que un torrente. Parecía que le hubiese seguido creciendo después de haber muerto. Era un símbolo de su honra, de su hombría, del poder de su orgullo.

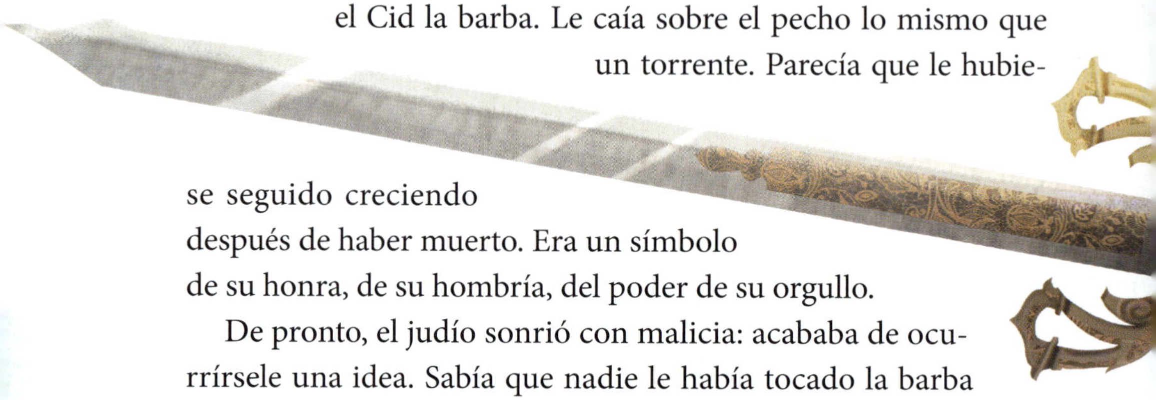

De pronto, el judío sonrió con malicia: acababa de ocurrírsele una idea. Sabía que nadie le había tocado la barba al Cid. En aquel tiempo, tirarle de las barbas a un hombre se consideraba una ofensa terrible, así que nunca habían logrado hacerle algo así a don Rodrigo. Pero ahora el Cid estaba muerto. No podía defenderse, no podía reaccionar. El judío vio la oportunidad de ser el primero en hacer algo que nadie había hecho. Así que volvió la cabeza para asegurarse de que estaba solo. Lo estaba. Se rio. ¡Cuánto iba a presumir delante de sus amigos de su travesura…! ¡Se quedarían boquiabiertos cuando les dijera que le había mesado las barbas al Cid! Los ojos del judío chispearon. Hasta se le aceleró el pulso. El judío respiró hondo, se adelantó un poco, estiró una mano. Pero, justo cuando su dedo índice iba a rozar la barba del Cid, sucedió lo inesperado: don Rodrigo abrió los ojos de pronto y, con un enérgico impulso, como animado por el soplo de Dios, alzó hacia el cielo la temible Tizona.

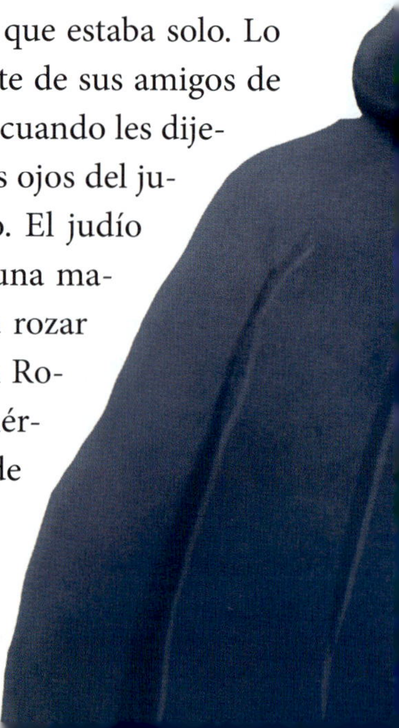

El judío, muerto de miedo, se desmayó.

Una hora más tarde, el abad del convento entró en la capilla y descubrió a un hombre tirado a los pies del Cid. Para reanimarlo, le roció la cara con agua bendita. El judío despertó de golpe, con aire confundido, y lo primero que vio fue el rostro del Cid. El grito de horror que lanzó entonces se oyó no solo en la capilla, sino en todo el convento y en la campiña que lo rodeaba. El judío se puso en pie de un salto, echó a correr y desapareció por la puerta de la iglesia. El abad trató de alcanzarlo, pero fue imposible. Cuando llegó a la puerta de la capilla y miró al exterior, vio una larga hilera de pisadas encima de la nieve.

Del judío no quedaba ni rastro.

Cuentan que nunca más se le vio en ningún sitio.

actividades

Argumento y comprensión

La formación del héroe

1. *La leyenda del Cid* comienza relatando la infancia del protagonista, Rodrigo de Vivar. Desde niño, ¿cuál es el gran sueño de Rodrigo? (p. 9) ¿Y su gran amor? (p. 12)

2. Rodrigo demuestra por vez primera su valentía a los quince años. ¿A qué prueba lo somete entonces su padre y con qué fin? (pp. 14-17) En consecuencia, ¿qué debe hacer Rodrigo para limpiar la honra de su familia? (p. 18)

3. La joven Jimena acude a ver al rey Fernando para reclamar la muerte de Rodrigo. Dejando de lado que la muchacha acaba de quedarse huérfana, ¿por qué es tan dolorosa para ella esa petición de venganza? (p. 22)

4. Desde los quince años, Rodrigo despierta admiración incluso entre sus enemigos. Por eso mismo, ¿qué sobrenombre recibe? (p. 25) ¿Qué significa ese apelativo en castellano?

5. A pesar de sus victorias, el joven Rodrigo está triste. ¿Por qué? (p. 27) Mientras tanto, ¿qué raro ofrecimiento le hace el rey a Jimena? (pp. 29-30) ¿Por qué acepta Jimena la propuesta?

6. Tal y como queda de manifiesto en el episodio de la peregrinación a Santiago de Compostela, ¿qué virtud cristiana posee el Cid? (pp. 34-35) ¿Con qué milagro se cierra ese episodio? (p. 35) ¿Qué insólita profecía le hacen entonces al héroe? (p. 36)

Una guerra fratricida

1 Al borde de la muerte, el rey Fernando I dicta sus últimas voluntades, que irritan a su hijo mayor. ¿Por qué se enfada don Sancho y qué cruda decisión toma en ese momento? (p. 41)

2 Sancho y Alfonso se enfrentan en Golpejera. ¿Qué han pactado los dos reyes antes de la batalla? (p. 43) ¿Qué deslumbrante hazaña pone de manifiesto que el Cid es un guerrero superior a la media? (p. 47) ¿Y con qué prueba de ingenio consigue don Rodrigo que el combate sea ganado por los suyos? (p. 49) En ese momento de gloria, ¿qué nuevo apodo se gana el héroe? (p. 50)

3 ¿Qué estrategia utiliza don Sancho para hacerse con Zamora? (pp. 51-52) ¿Por qué podemos decir que Vellido Dolfos obra indignamente? (pp. 56-60) En ese episodio, ¿qué es lo que impide al Cid ayudar a su rey? (p. 60)

4 Tras la muerte de don Sancho, don Alfonso debe ocupar el trono, pero la nobleza castellana desconfía: ¿por qué? (p. 63) ¿Qué solución propone el Cid para que don Alfonso pueda ser rey? (p. 63) En ese momento, ¿qué personaje se convierte en el más crudo enemigo del Campeador? (p. 64)

5 ¿Cómo se demuestra la osadía del Cid durante la jura de Santa Gadea? (pp. 67-70) ¿Cómo repercute esa valentía en la relación del Cid con su nuevo rey? (p. 72) ¿Qué calumnia acabará por arruinar la vida del héroe? (p. 73)

El destierro: la lucha por “ganarse el pan”

1 Condenado por el rey, que es su señor natural, don Rodrigo parte hacia el destierro. ¿Por qué deja su casa abierta? (p. 74) ¿Dónde se quedan su mujer y sus hijas? (p. 74) ¿Qué sentimiento impulsa a numerosos guerreros a seguir al Cid en un momento tan difícil? (p. 75)

2 Ya en Burgos, ¿por qué no encuentra el Cid un lugar donde hospedarse? (p. 76) No obstante, ¿qué opinan los burgaleses sobre don Rodrigo? (p. 77)

3 El Cid necesita dinero para sustentar a su tropa. ¿Cómo lo consigue? (pp. 84-86) Paradójicamente, ¿qué siente el Cid tras el éxito de su estratagema? (p. 86) ¿Qué opinión te merece a ti esa astucia?

4 El Cid se despide de su mujer y sus hijas. En ese momento, ¿qué comparación usa el narrador para expresar el dolor indescriptible que siente el héroe al dejar atrás a su familia? (p. 89)

5 Don Rodrigo obtiene la primera victoria de su destierro en Castejón. ¿Cómo se hace con la villa? (p. 92) ¿Por qué no se asienta en ella? (p. 94)

6 ¿Qué estrategia usa el Cid para apoderarse de Alcocer? (p. 97) Cuando el rey Tamín intenta recuperar la villa, el Campeador se niega al principio a combatir: ¿qué virtud demuestra con esa decisión? (p. 101) Acabada la batalla, ¿qué peligrosa misión le encarga el Cid a su querido Álvar Fáñez? (pp. 108-109) ¿Qué consigue Fáñez gracias a esa misión? (p. 112)

7 La conquista de Valencia es sin duda la mayor hazaña del Cid Campeador. ¿Cómo reacciona el rey don Alfonso al enterarse de que la ciudad ha acabado en manos cristianas? (pp. 118-119) ¿Y el conde García Ordóñez? ¿Por qué los infantes de Carrión maniobran entonces para amistarse con el Cid? (p. 120)

8 Tras derrotar a Yusuf, don Rodrigo alcanza la cumbre de su gloria. ¿Cómo premia el rey Alfonso al Campeador? (p. 131) ¿Por qué acepta el Cid que sus hijas se casen con los infantes de Carrión si el matrimonio en realidad le desagrada? (p. 134)

Unos yernos infames

1 La historia del Cid Campeador entra en una nueva etapa tras la boda de sus hijas. Ya reconciliado con su rey, el héroe se verá ahora amenazado por las maquinaciones de sus yernos. ¿Qué característica de los infantes queda de manifiesto en el episodio del león y durante la batalla contra Búcar? (pp. 138 y 142-143) ¿Por qué deciden don Diego y don Fernando dañar al Cid? (p. 144)

2 En el robledo de Corpes, ¿qué les hacen don Diego y don Fernando a sus esposas? (pp. 150-151) ¿Cómo se demuestra entonces que el Cid es un hombre mesurado? (p. 156)

3 Las vistas de Toledo sirven para hacerle justicia al Campeador. En ese episodio tan tenso, ¿qué precauciones toma el héroe para evitar que lo humillen? (p. 157) ¿Cuáles son las tres demandas que hace, sucesivamente, el Cid? (pp. 158-162) ¿Qué enorme recompensa recibe el héroe gracias a la llegada de dos emisarios inesperados? (p. 165) Finalmente, se producen tres duelos singulares entre los campeones del Cid y sus adversarios. Según las creencias medievales, ¿por qué la victoria de los hombres de don Rodrigo demuestra que era el Cid quien tenía la razón? (p. 170)

Un final apoteósico

1 Recobrado su prestigio, el Cid debe librar una última batalla contra los cien mil soldados de Yusuf. ¿Qué anuncio le hace al héroe la insólita visita que recibe una madrugada? (p. 174) Semanas después, ¿cómo logran los soldados del Cid derrotar al enemigo? (pp. 178-180)

2 Tras el fallecimiento del Cid, su leyenda no deja de crecer. ¿Qué se hace con el cadáver del Campeador? (p. 181) ¿Qué episodio nos revela que, incluso tras la muerte del héroe, su grandeza y honor siguen siendo intocables? (p. 182)

Temas

Un héroe épico

1 La vida del Cid está condicionada por el concepto de **honra**. En la Edad Media, se llamaba así a la buena fama de una persona, es decir, a su prestigio social. La honra del Cid se ve severamente castigada por vez primera cuando el rey lo destierra. ¿Cuál es la razón de ese castigo? (p. 73) ¿Cómo consigue don Rodrigo recuperar el favor de don Alfonso? (pp. 109 y 118)

2 La honra del Cid vuelve a quedar lastimada cuando los **infantes de Carrión** agreden y vejan a Elvira y Sol, pues la razón de fondo de ese maltrato es que los infantes entienden que el Cid y su familia son gente despreciable. ¿Qué hace en esta ocasión el Campeador para recuperar su buen nombre? (p. 156)

3 En la Edad Media, la **barba** de un caballero se consideraba un símbolo visible de su honra. ¿Cómo es la barba del Cid? (pp. 117 y 133) Durante las vistas de Toledo, ¿por qué el héroe la lleva atada con un cordón? (p. 157)

4 Además de valentía y dignidad, el Cid ostenta otras **virtudes heroicas**. ¿Cómo demuestra la lealtad extrema que le tiene a su rey? (p. 118) ¿Qué prueba de astucia da el Cid durante la toma de Alcocer? (p. 97) ¿Cómo se hace evidente que el Cid adora a los suyos? (p. 89) ¿Y que tiene un carácter mesurado, contrario a la venganza? (p. 156) Finalmente, el episodio del conde don Ramón revela que el Campeador es un gue-

rrero magnánimo, es decir, que no humilla al vencido. Y es que ¿qué generoso trato le propone el Cid al conde? (p. 114)

5 En las historias épicas, se le suelen atribuir al héroe **hazañas** que a veces rozan lo increíble. Es común, por ejemplo, que el Cid venza con unos pocos soldados a tropas de decenas de miles de guerreros. ¿Por qué parece algo fantasioso el episodio del rescate del rey Sancho? (p. 47) ¿Qué tiene de asombroso el comportamiento del Cid cuando el león queda suelto? (p. 138) ¿Y la forma en que el Campeador mata al rey Búcar? (p. 143) ¿Qué exagerada reacción provoca en el enemigo la sola presencia del Cid? (p. 178)

6 Los héroes épicos suelen poseer **armas** robustas y **caballos** fuertes y veloces. ¿Cómo se llaman las legendarias espadas del Cid? (pp. 113 y 143) ¿Cuál es el rasgo más destacable de su Babieca? (p. 93)

7 El héroe brilla asimismo por contraste, dada la indignidad con que se comportan sus **antagonistas**. ¿Por qué es condenable el comportamiento del conde García Ordóñez? (pp. 72-73) ¿Qué llamativos defectos demuestran los infantes de Carrión? (pp. 130, 138, 148, 150-152...)

8 Es típico de la épica que el héroe cuente con la **ayuda de la divinidad**. ¿Cómo se pone de manifiesto que el Cid tiene a Dios de su parte? (pp. 36 y 172-174) Significativamente, ¿dónde descansarán los restos mortales del héroe? (p. 181)

Una España convulsa

1 La España del Cid estaba dividida en **taifas musulmanas** y **reinos cristianos**. Aunque los dos tipos de territorio entraban a menudo en guerra, ¿qué pasajes de *La leyenda del Cid* revelan que cristianos y musulmanes también podían ser aliados? (pp. 62 y 146-147) En cambio, ¿qué episodio pone de manifiesto

que los cristianos batallaban a veces entre sí por cuestiones territoriales? (p. 113)

2 Al tiempo que luchaban contra los musulmanes, los reinos cristianos se desgarraban en luchas internas. Algunas de ellas estaban motivadas por la rivalidad que surgía entre **la vieja y la nueva nobleza**, es decir, entre quienes descendían de la aristocracia tradicional nacida en tiempos de los visigodos y la nobleza reciente que medraba conquistando victorias militares en tierras de Al-Ándalus. ¿Por qué desprecia el conde Orgaz al padre del Cid? (p. 17) ¿Qué opinión tiene García Ordóñez del Cid? (p. 64) ¿Por qué los infantes de Carrión menosprecian a sus esposas? (pp. 130 y 163)

3 Más que por motivos políticos, el Cid se dedica a la guerra por razones materiales, pues las armas son su **manera de ganarse la vida**. Esa concepción de la guerra explica que, en cierto sentido, el Campeador se alegre cuando los cincuenta mil soldados de Yusuf rodean Valencia. Según confiesa el propio héroe, ¿por qué le apetece que Jimena, Sol y Elvira presencien la batalla contra Yusuf? (p. 126) Por otro lado, más allá de la admiración que profesan por el Cid, ¿cuál es la razón por la que tantos soldados se suman a su tropa? (p. 95)

4 *La leyenda del Cid* nos ilustra sobre algunas de las **estrategias bélicas** que se estilaban en la Edad Media, así como sobre la indumentaria que usaban los guerreros de la época. ¿Cómo conquista el Cid la ciudad de Alcocer? (p. 97) ¿Qué estrategia se pone en marcha para rendir a las ciudades de Zamora y Valencia? (pp. 51-52) ¿Cómo se llamaban las espadas que usaban los guerreros árabes? (p. 101) ¿Y la armadura con que se protegían el cuerpo tanto los moros como los cristianos? (p. 101)